RACINE

ESTHER

Tragédie

avec une notice sur le théâtre au XVIIᵉ siècle,
une biographie chronologique de Racine, une
étude générale de son œuvre, une **analyse
méthodique de la pièce**, des notes, des
questions, des sujets de devoirs

par

Gabriel SPILLEBOUT

Chargé de Recherche
au Centre national
de la recherche scientifique
(Trésor de la langue française)
à Nancy

D1527491

BORDAS

LES PETITS CLASSIQUES BORDAS
(P. C. B.)

Principes de la collection

Donner le texte complet des grandes œuvres littéraires, établi avec soin d'après les meilleures éditions.

Mettre à la disposition de tous les élèves - des petites classes jusqu'aux classes préparatoires aux Grandes Écoles -, ainsi que des étudiants, les documents dont ils auront besoin sur l'œuvre à étudier.

Présenter, dans les bandeaux placés en regard du texte, des thèmes de réflexion utilisables en classe, et propres à guider l'élève dans l'étude personnelle des pages non retenues pour l'analyse magistrale.

Dans ces bandeaux et dans l'étude finale de l'œuvre, multiplier les sujets de devoirs et les questions pouvant donner lieu à un exercice écrit ou oral.

A côté des jugements prononcés par les écrivains et les critiques des siècles passés, placer l'opinion de nos grands auteurs contemporains et des critiques les plus écoutés de notre époque.

Printed in France

LE THÉÂTRE AU XVIIᵉ SIÈCLE

Origines du théâtre parisien

1398   Les Confrères de la Passion sont établis à Saint-Maur.
1400   Le Synode de Troyes défend aux prêtres d'assister aux spectacles des mimes, farceurs, jongleurs, comédiens.
1402   Les Confrères s'installent à Paris (hôpital de la Sainte-Trinité) et y présentent des mistères, des farces, des moralités.
1539   Ils transportent leurs pénates à l'Hôtel de Flandre.
1543   Celui-ci démoli, ils font construire une salle à l'emplacement de l'hôtel des anciens ducs de Bourgogne (angle des rues Mauconseil et Française : il en reste la Tour de Jean-sans-Peur et une inscription au nᵒ 29 de la rue Étienne-Marcel), tout près de l'ancienne Cour des Miracles.
1548   Un arrêt du Parlement défend aux Confrères la représentation des pièces religieuses, leur réservant en retour le droit exclusif de jouer les pièces profanes (on commence à composer des tragédies imitées de l'antique). Henri IV renouvellera ce monopole en 1597.

Les troupes au XVIIᵉ siècle

1. **L'Hôtel de Bourgogne.** — Locataires de la Confrérie, les « Grands Comédiens » (Molières les nomme ainsi dans *les Précieuses ridicules*, sc. 9) sont des « artistes expérimentés », mais, vers 1660, leur équipe a vieilli. Pour lutter contre la concurrence de Molière, elle s'essaye dans la petite comédie, la farce : « On vit tout à coup ces comédiens graves devenir bouffons », écrivit Gabriel Guéret. A partir de 1670, ils reviennent à la tragédie où éclate leur supériorité (selon le goût du public). Ils touchent une pension de 12 000 livres, que leur avait fait obtenir Richelieu.

2. Le **Théâtre du Marais**, qui fit triompher *le Cid* en 1637, n'a plus, en 1660, « un seul bon acteur ny une seule bonne actrice », selon Tallemant des Réaux. La troupe cherche le salut dans les représentations à grand spectacle, les « pièces à machines » pour lesquelles on double le prix des places. Elle ne touche plus aucune pension.

3. Les **Italiens** sont animés par Tiberio Fiurelli, dit Scaramouche (né à Naples en 1608), mime d'une étonnante virtuosité. Ils improvisent sur un canevas, selon le principe de la *commedia dell'arte*. S'exprimant en italien, ils sont « obligés de gesticuler [...] pour contenter les spectateurs », écrit Sébastien Locatelli. Ils reçoivent 16 000 livres de pension générale et des pensions à titre personnel.

4. La **troupe de Molière** s'est installée à Paris en 1658, d'abord au Petit-Bourbon, puis au Palais-Royal ; en 1665, elle est devenue la Troupe du Roi et reçoit 6 000 livres de pension.

5. L'**Opéra**, inauguré le 3 mars 1671 au jeu de paume de Laffemas, près de la rue de Seine et de la rue Guénégaud, est dirigé, à partir de l'année suivante, par Lully.

6. Autres troupes plus ou moins éphémères : celle de Dorimond ; les Espagnols ; les danseurs hollandais de la foire Saint-Germain ; les animateurs de marionnettes. Enfin, de dix à quinze troupes circulent en province, selon Chappuzeau.

En 1673 (ordonnance du 23 juin), la troupe du Marais fusionne avec celle de Molière qui a perdu son chef. Installés à l'**hôtel Guénégaud**, ces comédiens associés se vantent d'être les Comédiens du Roi ; cependant, ils ne touchent aucune pension.

En **1680** (18 août), ils fusionnent avec les Grands Comédiens ; ainsi se trouve fondée la **Comédie-Française.** « Il n'y a plus présentement dans Paris que cette seule compagnie de comédiens du Roi entretenus par Sa Majesté. Elle est établie en son hôtel, rue Mazarini, et représente tous les jours sans interruption ; ce qui a été une nouveauté utile aux plaisirs de cette superbe ville, dans laquelle, avant la jonction, il n'y avait comédie que trois fois chaque semaine, savoir le mardi, le vendredi et le dimanche, ainsi qu'il s'était toujours pratiqué. » (Préface de Vinot et La Grange pour l'édition des Œuvres de Molière, 1682.)

Les comédiens : condition morale

Par ordonnance du 16 avril 1641, Louis XIII les a relevés de la déchéance qui les frappait : « Nous voulons que leur exercice, qui peut innocemment divertir nos peuples de diverses occupations mauvaises, ne puisse leur être imputé à blâme, ni préjudice à leur réputation dans le commerce public. »

Cependant, le *Rituel du diocèse de Paris* dit qu'il faut exclure de la communion « ceux qui sont notoirement excommuniés, interdits et manifestement infâmes : savoir les [...] comédiens, les usuriers, les magiciens, les sorciers, les blasphémateurs et autres semblables pécheurs ». La *Discipline des protestants de France* (chap. XIV, art. 28) dit : « Ne sera loisible aux fidèles d'assister aux comédies, tragédies, farces, moralités et autres jeux joués en public et en particulier, vu que de tout temps cela a été défendu entre les chrétiens comme apportant corruption de bonnes mœurs. »

On sait comment fut enterré Molière. Au XVIIIᵉ siècle, après la mort d'Adrienne Lecouvreur, Voltaire pourra encore s'élever (*Lettres philosophiques*, XXIII) contre l'attitude de l'Église à l'égard des comédiens non repentis.

Les comédiens : condition matérielle

Les comédiens gagnent largement leur vie : de 2 500 livres à 6 000 livres par an ; ils reçoivent une retraite de 1 000 livres lorsqu'ils abandonnent la scène (une livre de cette époque vaut de 10 à 15 francs nouveaux). La troupe forme une société : chacun touche une part, une moitié ou un quart de part des recettes, — déduction faite des 80 livres de frais (un copiste, deux décorateurs, les portiers, les gardes, la receveuse, les ouvreurs, les moucheurs de chandelle) que coûte à peu près chaque représentation. Le chef des Grands Comédiens touche une part et demie. Molière en touche deux, à cause de sa qualité d'auteur (les auteurs ne recevaient pas alors de pourcentage sur les recettes).

Les salles

En 1642, Charles Sorel évoque ainsi l'Hôtel de Bourgogne : « Les galeries où l'on se met pour voir nos Comédiens ordinaires me déplaisent pour ce qu'on ne les voit que de côté. Le parterre est fort incommode pour la presse qui s'y trouve de mille marauds mêlés parmi les honnêtes gens, auxquels ils veulent quelquefois faire des affronts [...]. Dans leur plus parfait repos, ils ne cessent de parler, de siffler et de crier, et parce qu'ils n'ont rien payé à l'entrée et qu'ils ne viennent là qu'à faute d'autre occupation, ils ne se soucient guère d'entendre ce que disent les comédiens. »
La plupart des spectateurs sont debout, au parterre, pour 15 sous. Un certain nombre occupent la scène — des hommes seulement —, côté cour et côté jardin [1], pour 6 livres. D'autres occupent les galeries latérales. Les prix étaient doublés à la première représentation. Les gens du « bel air » prenaient des places de scène « pour se faire voir et pour avoir le plaisir de conter des douceurs aux actrices » (J.-N. de Tralage) ; ils arrivaient souvent en retard et « cherchaient des places après même plusieurs scènes exécutées » (abbé de Pure).
En 1687, les Comédiens français sont chassés de l'hôtel Guénégaud et, le 8 mars 1688, ils se fixent au jeu de paume de l'Étoile, rue des Fossés-Saint-Germain (aujourd'hui, de l'Ancienne-Comédie), où ils resteront jusqu'en 1770. Inaugurée le 18 avril 1689, la nouvelle salle peut accueillir près de 2 000 spectateurs. Vingt-quatre lustres l'illuminent, mais il n'y a pas de sièges au parterre : ils apparaîtront en 1782 dans la salle du Luxembourg.

Les représentations

Annoncées pour 2 heures (affiches rouges pour l'Hôtel de Bourgogne, rouges et noires pour la troupe de Molière), elles ne commencent qu'à 4 ou 5 heures, après vêpres.
Très fruste au début du siècle, la mise en scène s'efface, après 1660, quand le décor de la tragédie représente un « palais à volonté », et celui de la comédie « un carrefour où répondaient les maisons des principaux acteurs », maisons (on disait *mansions*, au temps des mistères) figurées par des toiles peintes.
Il y a un rideau de scène, mais on ne le baisse pas, à la fin de chaque acte (à cause des spectateurs assis sur la scène) ; des violons annoncent l'entracte.

---

1. Regardons la scène, conseillait Paul Claudel, et projetons-y les initiales de *Jésus-Christ*, nous saurons où est le côté *Jardin* et le côté *Cour*.

L'ÉPOQUE DE RACINE

1638	Naissance de Louis XIV.	
1639-1641	Révolte des « va-nu-pieds » en Normandie.	
1640	*Horace*, tragédie de Corneille. *Augustinus* de Jansenius.	
1641	*La Guirlande de Julie.*	
1642 (?)	*Polyeucte*, tragédie de Corneille. Fondation de la Congrégation de Saint-Sulpice par Olier. Mort de Richelieu.	Petite enfance.
1642	Condamnation de l'*Augustinus* (6 mars).	
1643	Mort de Louis XIII (13 mai). Molière fonde l'*Illustre Théâtre*.	

Régence d'Anne d'Autriche 1643-1661

1644	Torricelli invente le baromètre.	
1645	Naissance de La Bruyère.	
1646	Conversion de Pascal au Jansénisme.	
1648-1653	La Fronde.	
1648	Fondation de l'Académie de peinture et de sculpture. Traité de Westphalie. *Les Pèlerins d'Emmaüs* par Rembrandt.	Éducation à **Port-Royal**
1650	Mort de Descartes.	
1651	*Nicomède*, tragédie de Corneille. *Le Roman comique* de Scarron.	
1653	Condamnation du jansénisme. Fouquet surintendant des finances. Vincent de Paul fonde l'Hospice général.	Formation.
1654	Nuit de Pascal (23 novembre).	
1655	Conversion du prince de Conty. Pascal se retire à Port-Royal des Champs.	
1656	*Le Voyage dans la lune* par Cyrano de Bergerac.	
1656-1657	*Lettres provinciales* de Pascal.	
1656-1659	Construction du château de Vaux.	
1657	*La Pratique du théâtre* par l'abbé d'Aubignac.	
1658	Corneille écrit les *Stances à Marquise* pour la Du Parc (Marquise Thérèse de Gorla, femme du comédien Du Parc). Mort de Cromwell.	
1659	*Œdipe*, tragédie de Corneille. *Les Précieuses ridicules*, comédie de Molière.	Vie mondaine.

LA VIE DE RACINE (1639-1699)

1639   (22 décembre) Baptême de Jean RACINE, fils de Jean Racine, contrôleur du grenier à sel de la Ferté-Milon, et de Jeanne SCONIN, fille de Pierre Sconin, procureur royal des Eaux et Forêts de Villers-Cotterêts. Les Racine prétendaient avoir été anoblis vers la fin du XVIᵉ siècle.

1641   (28 janvier) Mort de Mᵐᵉ Racine qui avait mis au monde, le 24 janvier, une fille baptisée Marie.

1643   (6 février) Mort du père (remarié en 1642) : il ne laisse que des dettes. D'abord élevés par leur grand-père Sconin, à la mort de ce dernier les deux orphelins sont pris en charge par leur grand-mère paternelle, Marie DESMOULINS, marraine du petit Jean, et dont la fille Agnès (née en 1626) devait devenir abbesse de Port-Royal sous le nom de Mère AGNÈS de SAINTE-THÈCLE. De treize ans son aînée, Agnès se montre pour l'enfant une vraie mère, ce qui explique les remontrances qu'elle lui fera plus tard, quand elle craindra pour son âme.

1649   A la mort de son mari, Marie Desmoulins emmène Jean à **Port-Royal** où elle a des attaches (une de ses sœurs, Suzanne, était morte en 1647 dans la maison de Paris ; l'autre, Mᵐᵉ Vitart, était oblate à Port-Royal des Champs) et où elle-même prend le voile.

1649-1653   Racine est admis aux **Petites Écoles**, tantôt à Paris, tantôt au Chesnay ou aux Champs, dans le domaine des Granges où les élèves logent avec les Solitaires. Il a Nicole pour maître en troisième.

1654-1655   Classes de seconde et de première au Collège de Beauvais, qui appartient également aux Jansénistes.

1655-1658   Retour à **Port-Royal des Champs.** « Lancelot lui apprit le grec, et dans moins d'une année le mit en état d'entendre les tragédies de Sophocle et d'Euripide » (Valincour à l'abbé d'Olivet, cité dans l'*Histoire de l'Académie*, 1858, t. II, p. 328). La formation que Racine a reçue, de l'helléniste Lancelot, du latiniste Nicole, d'Antoine Le Maître et de « Monsieur » Hamon, tous hommes d'une piété austère, aura une influence considérable sur son œuvre, et explique qu'on ait pu voir des chrétiennes plus ou moins orthodoxes en Phèdre et Andromaque. Peut-être aussi cette éducation sévère a-t-elle fait de Racine un replié qui explosera dès qu'il en trouvera la liberté : c'est l'opinion de Sainte-Beuve.

1659   A sa sortie du Collège d'Harcourt, où il a fait sa philosophie, Racine demeure à Paris où il retrouve Nicolas VITART, cousin germain de son père et secrétaire du duc de Luynes. Il manifeste quelque tendance à mener joyeuse vie et semble avoir fait connaissance, dès cette époque, avec La Fontaine. Ambitieux, désireux de faire une **carrière littéraire**, il recherche avec habileté la faveur des grands.

1660 Premières *Satires* de Boileau.
Mariage de Louis XIV avec Marie-Thérèse.
Examens et *Discours sur le poème dramatique*
par Corneille.
Louis XIV fait brûler les *Provinciales*.   Retraite à **Uzès**

Règne personnel de Louis XIV 1661-1715

1661 Mariage d'Henriette d'Angleterre avec Monsieur
(mars).
Fêtes de Vaux en l'honneur du roi (17 août).
Arrestation de Fouquet (5 septembre).
Élégie aux nymphes de Vaux par La Fontaine.
Le Vau commence à construire le château de
Versailles.

1662 Mort de Pascal (19 août).
Histoire comique par Cyrano de Bergerac.
Mémoires de La Rochefoucauld.

1663 Tous les peintres et sculpteurs du roi doivent
s'agréger à l'Académie royale de peinture et de   **Débuts au théâ-**
sculpture.   **tre**
Descartes mis à l'index par l'Université de Paris ;
Molière songe à faire une comédie sur ce sujet.

1664 Premières pensions attribuées aux gens de
lettres sur les indications de Chapelain.   Rupture avec
Premiers *Contes* de La Fontaine.   Molière.
Édit ordonnant la signature du Formulaire.   **Rupture avec**
Dispersion des religieuses de Port-Royal de   **Port-Royal**
Paris (août).
Condamnation de Fouquet (20 décembre).

1665 Colbert devient contrôleur général.
Maximes de La Rochefoucauld.

1666 Mort d'Anne d'Autriche (22 janvier).
Fondation de l'Académie de Rome.
Le Roman bourgeois par Furetière.
Le Misanthrope, comédie de Molière.
Fondation de l'Académie des sciences.
Traquée par le roi, la Compagnie du Saint-
Sacrement doit entrer en sommeil.

1667 Mort de Descartes.

1668 La Fontaine, *Fables* (livres I-VI).

1669 *Oraison funèbre d'Henriette de France* par
Bossuet.

1660   Ode en l'honneur du mariage du roi : *la Nymphe de la Seine*. D'après Sainte-Beuve, Chapelain aurait déclaré : « L'Ode est fort belle, fort poétique, et il y a beaucoup de stances qui ne peuvent être mieux. Si l'on repasse le peu d'endroits que j'ai marqués, on en fera une fort belle pièce. » Aussi intéressante, pour le jeune arriviste, est la gratification de cent louis qui accompagne ce compliment.

1661   Retraite à **Uzès** chez son oncle, lc chanoine Sconin, vicaire général, dont il espère recevoir le bénéfice. Il étudie la théologie et... s'ennuie. D'Uzès, il écrit à La Fontaine : » Toutes les femmes y sont éclatantes, et s'y ajustent d'une façon qui leur est la plus naturelle du monde [...]. Mais comme c'est la première chose dont on m'a dit de me donner de garde, je ne veux pas en parler davantage [...]. On m'a dit : *Soyez aveugle!* Si je ne le puis être tout à fait, il faut du moins que je sois muet ; car, voyez-vous, il faut être régulier avec les réguliers, comme j'ai été loup avec les autres loups vos compères. *Adiousas!* »

1662   Déçu de n'avoir obtenu, pour tout bénéfice, qu'un petit prieuré, Racine revient à Paris où, en janvier 1663, il publie une ode : *la Renommée aux Muses*. Il voudrait sa part de la manne royale dont tout le monde parle dans la République des Lettres : la première liste officielle de gratifications sera publiée en 1664 et le jeune poète sera inscrit pour 600 livres.

1663   (12 août) Marie Desmoulins meurt à Port-Royal de Paris.

1664   (20 juin) Première représentation de **la Thébaïde ou les Frères ennemis** par la troupe du Palais-Royal que dirige Molière.

1665   Lecture de trois actes et demi d'*Alexandre* chez la comtesse de Guénégaud (4 décembre). Puis représentation de la tragédie par la troupe de Molière avec un grand succès. Saint-Evremond écrit une dissertation sur l'*Alexandre* de Racine et la *Sophonisbe* de Corneille. C'est alors que Racine se **brouille avec Molière** : il porte sa tragédie chez les comédiens de l'Hôtel de Bourgogne.

1666   Nicole faisait paraître, depuis 1664, une série de *Lettres sur l'Hérésie imaginaire* (c'est-à-dire le jansénisme) : les dix premières seront nommées *les Imaginaires*, les huit suivantes *les Visionnaires*. Dans la première *Visionnaire*, Nicole traite le « faiseur de romans » ou le « poète de théâtre » d' « empoisonneur public, non des corps, mais des âmes des fidèles ». Racine répond : « Vous pouviez employer des termes plus doux que ces mots d'*empoisonneurs publics* et de *gens horribles parmi les chrétiens*. Pensez-vous que l'on vous en croie sur parole ? Non, non, Monsieur, on n'est point accoutumé à vous croire si légèrement. Il y a vingt ans que vous dites tous les jours que les Cinq Propositions ne sont pas dans Jansenius ; cependant on ne vous croit pas encore. » La raillerie « sent déjà Voltaire », observe M. Mauriac.

1667   (mars) Maîtresse de Racine, la comédienne **Thérèse Du Parc** quitte la troupe de Molière et crée **Andromaque** à l'Hôtel de Bourgogne. Se marièrent-ils secrètement ? Eurent-ils une fille qui devait mourir à l'âge de huit ans ? Mme Dussane l'a soutenu, non sans preuves.

1670	Mort d'Henriette d'Angleterre (29 juin). *Bérénice.* *Tite et Bérénice*, tragédie de Corneille. Première publication des *Pensées* de Pascal.	
1671	Début de la *Correspondance* de Mme de Sévigné.	
1672	Mort du chancelier Séguier, protecteur de l'Académie. Fondation de l'Académie nationale pour la représentation des opéras. Le directeur est Lully. *Bajazet.* Louis XIV s'installe à Versailles.	Rivalité ouverte avec Corneille.
1673	Mort de Molière. Première réception publique à l'Académie française.	
1674	Boileau, *l'Art poétique.* Malebranche, *la Recherche de la vérité.*	
1675	Campagne de Turenne en Alsace.	
1676	Arrestation de la Brinvilliers.	
1677	Vauban commissaire général des fortifications. Spinoza, *Éthique.* Boileau et Racine nommés historiographes du roi.	
1678	Traité de Nimègue (août). Mme de Lafayette, *la Princesse de Clèves.*	Cabale de **Phèdre** Retraite du théâtre. Mariage.
1679	Innocent XI menace Louis XIV d'excommunication. Publication posthume des œuvres de Fermat.	
1680	La Voisin est brûlée en place de Grève. Fénelon, *Dialogues sur l'éloquence.* Mort de La Rochefoucauld.	**Historiographe**
1681	Bossuet, *Discours sur l'histoire universelle.*	
1682	Newton découvre la loi de l'attraction universelle.	
1683	Mort de Marie-Thérèse et de Colbert. Bossuet, *Oraison funèbre de Marie-Thérèse.*	
1684	Mariage secret du roi avec Mme de Maintenon. Mort de Corneille.	
1685	Révocation de l'Édit de Nantes.	
1686	Construction, par J. Hardouin-Mansard, de la Maison d'éducation des Dames de Saint-Cyr.	
1687	*Le Siècle de Louis-le-Grand*, poème de Perrault, déclenche la Querelle des Anciens et des Modernes. *Oraison funèbre de Condé* par Bossuet.	

1668   (décembre) Mort de la Du Parc, dans des conditions assez mysté-
        rieuses : la mère parle d'empoisonnement[1].

1669   (13 décembre) Échec de *Britannicus*, malgré la protection déclarée
        du roi. La tragédie a eu pour interprète la nouvelle maîtresse de
        Racine, la **Champmeslé**, « la plus merveilleuse bonne comédienne
        que j'aie jamais vue : elle surpasse la Desœillets de cent lieues loin »
        (Mme de Sévigné, 15 janvier 1672).

1670   (21 novembre) Première de *Bérénice*. Racine entre en lutte ouverte
        avec Corneille. D'après Fontenelle (*Vie de Corneille*, 1729), le sujet
        aurait été proposé au poète par Henriette d'Angleterre, qui l'aurait
        également suggéré à Corneille, sans dire ni à l'un ni à l'autre qu'elle
        engageait une compétition. Les plus récents historiens littéraires,
        ainsi M. Pommier, n'ajoutent pas foi à cette tradition. En 1660, comme
        Titus, Louis XIV avait triomphé de sa passion (pour Marie Mancini,
        nièce de Mazarin) : on tenait à l'en louer.
        Racine mène alors une vie agitée. Les ennemis ne lui manquent pas :
        les deux Corneille et leur neveu Fontenelle ; les gazetiers Robinet
        et Donneau de Visé ; la comtesse de Soissons (chez qui s'est retirée
        la mère de la Du Parc), la duchesse de Bouillon, les ducs de Vendôme
        et de Nevers... Mais il a de puissants protecteurs dans le roi, Mme de
        Montespan et sa sœur Mme de Thianges ; il a deux bons amis :
        La Fontaine et Boileau.

1677   (1er janvier) Première de **Phèdre**. La cabale montée par la duchesse
        de Bouillon et son frère le duc de Nevers (ils avaient commandé à
        Pradon *Phèdre et Hippolyte*) fait tomber la pièce.
        (1er juin) Mariage de Racine avec Catherine de ROMANET : il en
        aura sept enfants.
        (Octobre) Racine et Boileau nommés **historiographes** du roi.
        Le 13 du mois, Mme de Sévigné écrit à Bussy : « Vous savez bien que
        [le roi] a donné 2 000 écus de pension à Racine et à Despréaux, en
        leur commandant de tout quitter pour travailler à son histoire. »
        Ainsi la retraite de Racine est due à cette ascension sociale, non à
        sa conversion qui eut lieu la même année ; pour la même raison,
        à partir de 1677, Boileau cesse d'écrire des vers et, dans sa préface
        de 1683, il parlera du « glorieux emploi qui [l'] a tiré du métier de
        la poésie ».

1679   La Voisin, une des principales inculpées dans l'**affaire des poisons**,
        accuse Racine : elle a entendu dire, par la mère de la Du Parc, qu'il
        n'aurait pas été étranger à la mort de la comédienne. Désormais,
        selon M. Clarac, Racine aura « en horreur sa vie passée ».

───────────

    1. Elle accuse Racine d'avoir agi par jalousie. Ainsi débute l'affaire des
poisons. En 1670, on trouve chez la marquise de Brinvilliers un attirail d'em-
poisonneuse. Arrêtée en 1676, porteuse d'une confession écrite qui terrifie les
enquêteurs, elle est bientôt exécutée. Mais l'on a découvert une véritable
bande de femmes qui vendaient des poisons appelés « poudres de succession ».
Le roi convoque une Chambre ardente : elle fait arrêter les coupables et
enregistre la dénonciation faite par la Voisin. En janvier 1680, un ordre d'arrestation sera lancé contre **Racine** mais, par suite d'une très haute intervention, l'affaire en restera là pour le poète.

1688	Bossuet, *Histoire des variations des Églises protestantes*. La Bruyère, *les Caractères*. Achèvement du palais de Versailles. Occupation du Palatinat et de l'électorat de Cologne. Perrault commence les *Parallèles des Anciens et des Modernes*.	
1690	Bataille de Fleurus. *Dictionnaire* de Furetière. Locke, *Essai sur l'entendement humain*.	Retour au théâtre.
1691	Création de la Ferme générale de l'impôt.	
1692	*Dictionnaire historique et critique* de Bayle. *Discours à l'Académie française* par La Bruyère.	
1694	L'Académie française publie son *Dictionnaire*. *Réflexions sur Longin* par Boileau. Bossuet, *Maximes sur la comédie*. Mort d'Arnauld.	
1695	Mort de La Fontaine. Mort de Nicole.	
1696	Mort de La Bruyère et de Mme de Sévigné. Fénelon, *Maximes des saints*. *Contes* de Perrault.	
1699	Mme Dacier, *Homère*. Fénelon, *le Télémaque*.	Mort.

Les aînés de Racine et ses cadets

Malherbe (1555)
.Descartes (1596)
..Corneille (1606)
...Retz, La Rochefoucauld (1613)
....La Fontaine (1621)
.....Molière (1622)
......Pascal (1623)   Racine
.......Mme de Sévigné (1626)   né en 1639
........Bossuet (1627)
.........Boileau (1636)

La Bruyère (1645)..........
Bayle (1647) ....
Fénelon (1651) ....
Regnard (1655)..........
Fontenelle (1657).......
Lesage (1668).........
Crébillon père (1674).
Saint-Simon (1675)...
Marivaux (1688)....
Montesquieu (1689)

L'âge du succès :

Racine (*Andromaque*) et Hugo (*Hernani*) : vingt-huit ans.
Corneille (*le Cid*) : trente ans.
Molière (*les Précieuses ridicules*) : trente-sept ans.
La Fontaine (premier recueil des *Fables*) : quarante-sept ans.

L'adieu à la scène (*Phèdre*) : trente-huit ans.

1685 (2 janvier) Racine, directeur de l'Académie française, reçoit Thomas Corneille qui remplace son frère dans la docte assemblée. Faisant un bel éloge de l'ancien rival, Racine déclare : « A dire le vrai, où trouvera-t-on un poète qui ait possédé à la fois tant de grands talents, tant d'excellentes parties : l'art, la force, le jugement, l'esprit! Quelle noblesse, quelle économie dans les sujets! Quelle véhémence dans les passions! Quelle gravité dans les sentiments! Quelle dignité, et en même temps quelle prodigieuse variété dans les caractères! »

1687 Racine donne une nouvelle édition de son théâtre. Sa conversion ne l'a donc pas conduit à négliger son œuvre passée et à se rallier aux vues de Nicole.

1689 (26 janvier) Première représentation d'**Esther**, pièce sacrée commandée par Mme de Maintenon pour les « demoiselles de Saint-Cyr ».

1690 Racine est nommé **gentilhomme ordinaire du roi** et, en 1693, faveur insigne, sa charge deviendra héréditaire. Dans un texte rédigé entre 1690 et 1697 (Spanheim, *Relation de la Cour de France*, 1882, p. 402), on lit : « M. de Racine a passé du théâtre à la cour, où il est devenu habile courtisan, dévot même [...]. Pour un homme venu de rien, il a pris aisément les manières de la cour [...] et il est de mise partout, jusques au chevet du lit du Roi, où il a l'honneur de lire quelquefois, ce qu'il fait mieux qu'un autre. »

1691 (5 janvier) Représentation d'*Athalie* à Saint-Cyr, sans décor ni costumes. Les conditions de ce spectacle amenèrent Francisque Sarcey à se demander s'il ne serait pas possible de jouer les grandes pièces classiques « dans une grange ».

1691-1693 Racine accompagne le roi aux sièges de Mons et de Namur, mais il n'est resté de son œuvre d'historiographe que des récits fragmentaires. Sa pension sera double de celle de Boileau.

1693-1698 *Abrégé de l'histoire de Port-Royal*, écrit à la gloire de ses anciens maîtres pour lesquels il ne cesse de s'entremettre auprès du roi. Nouvelle édition des *Œuvres complètes*, augmentées de pièces diverses et de *Quatre Cantiques spirituels*. L'amitié de Racine pour les Jansénistes ne trouble pas ses relations avec le roi, quoi qu'on en ait dit : il continue d'être invité à Marly et, le 6 mai 1699, Boileau écrira à Brossette que « Sa Majesté a parlé de M. Racine d'une manière à donner envie aux courtisans de mourir s'ils croyaient qu'Elle parlât d'eux de la sorte après leur mort ».

1699 (21 avril) Mort de Racine. Son « petit testament » exprime ces volontés : *Je désire qu'après ma mort mon corps soit porté à Port-Royal des Champs, et qu'il soit inhumé dans le cimetière, aux pieds de la fosse de M. Hamon. Je supplie très humblement la mère abbesse et les religieuses de vouloir bien m'accorder cet honneur, quoique je m'en reconnaisse indigne, et par les scandales de ma vie passée, et par le peu d'usage que j'ai fait de l'excellente éducation que j'ai reçue autrefois dans cette maison, et des grands exemples de piété et de pénitence que j'y ai vus et dont je n'ai été qu'un stérile admirateur. Mais plus j'ai offensé Dieu, plus j'ai besoin des prières d'une si sainte communauté pour attirer sa miséricorde sur moi. Je prie aussi la mère abbesse et les religieuses de vouloir accepter une somme de huit cents livres.*

Fait à Paris, dans mon cabinet, le 10 octobre 1698. (Voir p. 118.)

1711 (2 décembre) Après la destruction de Port-Royal, les cendres de Racine sont transférées, avec celles de Pascal, à Saint-Étienne-du-Mont.

RACINE : L'HOMME

Les travaux sur Racine se sont multipliés au xxᵉ siècle. Cependant, après la thèse de M. Raymond Picard et son *Corpus Racinianum* (1956), l'auteur de *Phèdre* conserve son mystère.

Au physique, nous ne pouvons connaître le jeune Racine. Avant la première guerre mondiale, un lointain descendant, Masson-Forestier, avait fondé son ouvrage (*Autour d'un Racine ignoré*) sur la découverte d'un portrait : celui du musée de Langres, dû à François de Troy. Or, M. Frantz Calot (*les Portraits de Racine*, 1941) a produit des arguments tels qu'on ne peut plus voir l'auteur d'*Andromaque* dans ce jeune séducteur. Comme, d'autre part, M. Picard nous assure que ni le portrait de Chambord, attribué à Largillière, ni celui de Toulouse, attribué à Rigaud, ne respectent Racine — nous en sommes réduits à une seule image : le portrait de Santerre (reproduit en esquisse par Louis Racine sur la feuille de garde d'un *Horace*), qui nous présente un solennel courtisan.

Au moral, même mystère : sensibilité, cruauté, ambition, piété.

Le tendre Racine. « Il était né tendre, et vous l'entendrez assez dire. Il fut tendre pour Dieu lorsqu'il revint à lui [...] il le fut pour ce roi dont il avait tant de plaisir à écrire l'histoire ; il le fut toute sa vie pour ses amis ; il le fut, depuis son mariage et jusqu'à la fin de ses jours, pour sa femme, et pour ses enfants sans prédilection. » Mᵐᵉ de Sévigné confirme-t-elle ce pieux témoignage d'un fils quand elle observe que Racine « aime Dieu comme il a aimé ses maîtresses » ? Certains faits incitent à le croire : l'élan qui jeta le poète aux pieds du grand Arnauld, ses larmes quand sa fille prit le voile...

Le cruel Racine. Mais lisons ce que Diderot a écrit dans *le Neveu de Rameau* : « Cet homme n'a été bon que pour des inconnus et dans le temps où il n'était plus. » Pensons à la méchanceté du jeune auteur dramatique envers Nicole ; à sa conduite avec Molière... Et quel rôle joua-t-il dans la mort de Thérèse Du Parc ? « Le seul trait de caractère du poète sur lequel tous les contemporains soient d'accord, c'est précisément son humeur fielleuse et son penchant à la méchanceté » (R. Picard). « Son tempérament le porte à être railleur, inquiet, jaloux et voluptueux », lit-on dans le *Bolœana*.

L'arriviste. Orphelin sans fortune, Racine fut hanté par le désir de parvenir. Envoyé à Uzès, auprès du chanoine Sconin son oncle, qui pouvait lui obtenir un bénéfice ecclésiastique, et voyant son espoir se dissiper, le jeune homme écrit, le 25 juillet 1662 : « Je ne suis pas venu si loin pour ne rien gagner. » Le 16 mai de la même année, il se refuse à certaines démarches en termes qui révèlent son peu de conviction religieuse : « C'est bien assez de faire ici l'hypocrite, sans le faire encore à Paris par lettres. » Revenu à Paris, il essaie de parvenir par le théâtre. Mais il apprend vite qu'un poète, s'il n'est pensionné, n'a pas plus de valeur « qu'un joueur de quilles », et, en novembre

1663, après avoir assisté au lever du roi, il peut écrire à son ami Le Vasseur : « Je suis à demi courtisan ; c'est à mon gré un métier assez ennuyant. » Il le fera fort bien, après 1677, quand il aura tout abandonné pour la Cour. En récompense, il mourra « fabuleusement riche » (R. Picard) et sa femme, en 1700, pourra faire plus de 80 000 livres de placements.

L'homme pieux. L'éducation de Port-Royal l'avait-elle marqué? Aucune inquiétude métaphysique : la religion de l'historiographe, du mari, du bon père de famille est celle de l'honnête homme et s'accorde avec les intérêts du courtisan. Aucune hypocrisie : un hypocrite n'eût pas choisi de revenir au jansénisme persécuté ; or, les relations de Racine avec Port-Royal en 1696 et 1697 furent très étroites et l'on a le droit de parler d'une conversion que M. Picard situe en 1698. Dix ans plus tôt, la charité de Racine ne pouvait déjà plus être mise en doute puisqu'il écrivait ces mots à sa sœur le 31 janvier 1687 « : Comme le temps est fort rude, je vous prie de faire de mon argent toutes les charités que vous croirez nécessaires. » « Venu de rien », fut-il surtout avide de respectabilité? On l'a dit.

Bibliographie

Nous avons reproduit, en modifiant parfois la ponctuation, le texte de la dernière édition de ses *Œuvres* publiée par Racine, chez Thierry, Barbier et Trabouillet, en 1697.

Sur Racine, on consultera, non sans précaution, l'ouvrage rédigé par son fils Louis sous ce titre : *Mémoires contenant quelques particularités sur la vie et les ouvrages de Jean Racine,* publié à Lausanne et à Genève en 1747. « Cette compilation bavarde a du moins le mérite de nous montrer que la légende de Racine est fondée sur une cinquantaine d'anecdotes et de faits mal attestés » (R. Picard, *op. cit.*, I, p. 21).

Tous les documents anciens concernant le poète ont été réunis par M. Raymond Picard dans son *Corpus Racinianum ; Recueil-Inventaire des textes et documents du XVIIᵉ siècle concernant Jean Racine,* 1956.

Sur la vie et l'œuvre, nous nous référons aux ouvrages suivants :

Mesnard, édition des « Grands écrivains de la France », 1865-1873, 8 vol.

Lucien Dubech, *Jean Racine politique,* 1926.

François Mauriac, *la Vie de Jean Racine,* 1928.

Thierry Maulnier, *Racine,* 1935.

J. Orcibal, *Autour de Racine. La genèse d' « Esther » et d' « Athalie »,* 1950.

A. Adam, *Hist. de la littér. française au XVIIᵉ s.,* t. IV, 1954, et V, 1956.

R. Picard, *la Carrière de Racine,* 1956.

L. Goldmann, *le Dieu caché,* 1956 ; *Racine dramaturge,* 1956.

R. Jasinski, *Vers le vrai Racine,* 2 vol., 1958.

Colloques de Royaumont, *le Théâtre tragique,* C. N. R. S., 1962.

RACINE : SON ŒUVRE

L'œuvre dramatique de Racine est peu abondante, en regard des 33 pièces de Corneille et des 34 pièces de Molière. Elle comprend 12 pièces, réparties en trois genres :

9 tragédies profanes:
    1664 (20 juin) [1] : *La Thébaïde ou les Frères ennemis.*
    1665 (4 décembre) : *Alexandre le Grand.*
    1667 (17 novembre) : *Andromaque.*
    1669 (13 décembre) : *Britannicus.*
    1670 (novembre) : *Bérénice.*
    1672 (janvier) : *Bajazet.*
    1673 (janvier) : *Mithridate.*
    1674 (août) : *Iphigénie.*
    1677 (1er janvier) : *Phèdre.*

2 tragédies sacrées:
    1689 (26 janvier) : *Esther.*
    1691 (janvier) : *Athalie.*

Une comédie en trois actes :
    1668 (octobre ou novembre) : *les Plaideurs.*

En dehors de son œuvre dramatique, Racine a écrit des œuvres diverses en vers et en prose :

Des poèmes latins et français dont les principaux sont : *la Nymphe de la Seine*, 1660 ; *la Renommée aux Muses*, 1663 ; onze *Hymnes traduites du Bréviaire romain*, 1688 ; quatre *Cantiques spirituels*, 1694.

Des traductions, des annotations et des remarques sur *l'Odyssée* (1662), Eschyle, Sophocle, Euripide, la *Poétique* d'Aristote, le *Banquet* de Platon...

Des ouvrages polémiques : neuf épigrammes probablement (Racine ne les avoua pas) et surtout les *Lettres à l'auteur des Imaginaires* dont il ne publia que la première, en 1666 (la seconde paraîtra en 1722).

Des discours : *Pour la réception de M. l'abbé Colbert*, 1678 ; *Pour la réception de MM. de Corneille et Bergeret*, 1684.

Des ouvrages historiques :
    Éloge historique du Roi sur ses conquêtes depuis l'année 1672 jusqu'en 1678.
    Relation de ce qui s'est passé au siège de Namur, imprimée en 1692 par ordre du roi, mais sans nom d'auteur.
    Notes et fragments (notes prises sur le vif par l'historiographe qui accompagnait le roi dans ses campagnes).
    Divers textes, en prose et en vers, concernant Port-Royal.
    Abrégé de l'histoire de Port-Royal, sa dernière œuvre, publiée en 1742 (première partie) et 1767 (seconde partie) : « Une chronique sacrée, [...] de l'Histoire Sainte, bien plutôt que de l'histoire » (Raymond Picard, *Œuvres complètes de Racine*, t. II, 1960, p. 35).

---

1. Les dates données sont celles de la première représentation.

Portrait d'auteur inconnu
Musée de Versailles

Portrait attribué
à Hyacinthe Rigaud y Ros
Genève, Musée de l'Ariana ▼

« AUTOUR

D'UN

RACINE

IGNORÉ »

(voir p. 14)

Cl. Jean Arlaud

Jean Racine faisant la lecture à Louis XIV (voir p. 13)
Gravure à la manière noire par Charon

Cl. Boudot-Lamotte

Esther devant Assuérus

Tableau de Jacopi Arrigoni (1675-1752)

Collection Rossi à Venise

I, 8

Les chœurs dans la représentation d'*Esther*
à la Comédie-Française en 1946

III, 9

UN GENRE LITTÉRAIRE :
LA TRAGÉDIE

1. La tragédie est **un genre poétique très ancien**, issu de l'épopée, et se situant tout près d'elle dans la hiérarchie des genres. Elle a été principalement illustrée par les poètes tragiques grecs du Ve siècle avant notre ère et par les classiques français du XVIIe siècle. En ce siècle, la tragédie est par excellence le genre noble qui consacre le grand poète. Elle doit exclure toute « bassesse », notamment les situations et le langage de la comédie. Le style tragique, qu'il soit sublime ou pathétique, est toujours soutenu.

2. Les **personnages** sont **de très haut rang** (pour le jardinier de Giraudoux, dans *Électre* (1937), la tragédie est « une affaire de Rois »). Ils sont engagés dans une aventure mortelle, et l'on redoute un dénouement cruel. Une atmosphère de merveilleux épique enveloppe souvent la tragédie grecque (présence réelle des dieux). Elle subsiste quelquefois, discrète et cependant essentielle, dans la tragédie française, *Phèdre* par exemple. Mais le plus souvent, l'imagination du spectateur se satisfera d'une évocation sobre de la légende ou de l'histoire, évocation qui donne à la tragédie le prestige d'un passé lointain et souvent illustre. Le recul dans le temps (que peut compenser quelquefois l'éloignement dans l'espace : *Bajazet*) est donc nécessaire.

3. La tragédie est le **drame de la destinée**. La tragédie antique met en scène les vengeances divines. Dans la tragédie cornélienne, où l'importance des situations équilibre souvent et dépasse parfois celle du héros, c'est face aux lois humaines ou divines et aux grands intérêts politiques que se fait le destin du héros, en vertu du choix inéluctable que sa volonté lucide lui impose : la situation tragique le grandit et l'exalte. La fatalité de la tragédie racinienne repose sur l'écrasement des héros, victimes à la fois de la situation tragique et de leurs propres passions.

4. L'**action** tragique est **une crise brève et brutale**. On peut penser que tout est déjà dit quand le rideau se lève. Selon Anouilh (*Antigone*, 1944), « l'espoir, le sale espoir... » serait banni de la tragédie, ce qui la distingue du drame où les personnages espèrent et combattent. En fait, dans la tragédie racinienne et d'une manière générale dans la tragédie du XVIIe siècle, il y a combat, avec des moments d'espoir, et il arrive même que le dénouement justifie cet espoir : l'action de la tragédie ne paraît vraiment fatale que quand elle est terminée et qu'on peut embrasser dans leur ensemble la puissance des forces qui l'ont conduite. La terreur et la pitié (voir La Bruyère, *Caractères*, I, 51) sont approfondies par le doute qui subsiste chez le spectateur, et elles suscitent en lui cette « purgation ou purification des passions » dont parle Aristote dans sa *Poétique* et qui constitue l'efficacité morale de la tragédie.

LE SYSTÈME DRAMATIQUE
DE RACINE

1. **Vraisemblances et bienséances.** Plus que de règles, il s'agit de tendances qui se manifestent progressivement au cours du XVIIe siècle et qui s'affirment surtout à l'époque louis-quatorzième où elles constituent la base du goût classique. Dans la tragédie racinienne, bien loin d'affaiblir le tragique, elles l'approfondissent. En effet, le principe de la vraisemblance aboutit à l'exigence d'une vérité humaine générale qui s'impose aux sujets et aux personnages d'exception : plus grands que les autres hommes, ces personnages leur apparaissent cependant semblables. Le principe des bienséances permet à Racine de traduire la violence et le désarroi des passions par la décence, la mesure et les nuances du langage, plus puissamment que s'il faisait appel à la grossièreté ou à la brutalité. La cruauté des choses éclate sous la politesse des mots.

Dans le domaine de la technique théâtrale, les vraisemblances conduisent à rechercher une liaison parfaite des scènes. Liaison de présence : un personnage au moins est présent à la fin de la scène et dans la suivante. Liaison de fuite : un personnage quitte le plateau au moment où un autre personnage y entre (voir J. Scherer, *la Dramaturgie classique en France*, 1950, p. 278).

Les bienséances obligent l'auteur à épargner au spectateur la vue des violences physiques, donc à ne jamais ensanglanter la scène. Atalide et Phèdre se suicident, mais ne meurent que quand le rideau tombe. La mort de Britannicus, celle de Bajazet ou celle d'Hermione sont racontées aux spectateurs. La couleur y perd, l'art y gagne, quoi qu'en dise Hugo.

2. **La règle des trois unités et sa portée.**
> *Qu'en un lieu, qu'en un jour, un seul fait accompli*
> *Tienne jusqu'à la fin le théâtre rempli.*

Cette fameuse règle des trois unités (*Art poétique*, 1674, III) s'accorde bien avec la conception racinienne de la tragédie (Boileau considère d'ailleurs la tragédie de son ami Racine comme le modèle moderne du poème tragique). Toutefois, cette règle ne se présente pas avec l'importance canonique et la cohésion que le distique célèbre lui donne. Selon René Bray (*La Formation de la doctrine classique en France*, 1927, p. 240), « il faut dissocier la règle des unités [...] elle n'a pas l'unité historique et logique qu'on lui suppose ». Non seulement l'interprétation de la *Poétique* d'Aristote à laquelle se réfèrent les doctrinaires est erronée, non seulement l'unité de lieu est ignorée d'Aristote, d'Horace et des théoriciens italiens du XVIe siècle, mais encore chacune des unités a son histoire et subit une élaboration plus ou moins lente (nous les étudierons donc séparément). Il ne faut pas s'attacher à l'idée de règle. « Les règles, dira Germaine de Staël, sont l'itinéraire du génie. » Certes, pour Racine, les chemins sont tracés à l'avance ; mais il s'y engage aisément parce que la tradition littéraire et le goût du public cultivé s'accordent avec son génie propre : ainsi crée-t-il une œuvre qui est à la fois la plus docile aux exigences des doctes et la plus originale.

« La principale règle est de plaire et de toucher » (préface de *Bérénice*). Pour Racine, comme pour Molière, le public est souverain.

L'unité de lieu. On ne parle pas de l'unité de lieu avant 1630 : le caractère narratif du théâtre, le goût des décors brillants et variés sont des obstacles à cette unité. Plus tard, la concentration de l'action tragique l'imposera progressivement et difficilement ; mais jusqu'à la fin du siècle, on trouvera des infractions à la règle (Thomas Corneille, *le Comte d'Essex*, 1678). D'ailleurs, l'unité de lieu progresse par étapes : unité d'une région ou d'une ville ; unité de quelques lieux déterminés dans la même ville ; idée d'un lieu fictif (une salle sur laquelle s'ouvriraient tous les appartements d'un palais : Corneille, *Troisième Discours*, 1660) ; enfin exigence d'un lieu précis qui ne doive pas changer d'un bout à l'autre de la représentation (abbé d'Aubignac, *la Pratique du théâtre*, 1657) ; toutes ces conceptions comportant elles-mêmes des nuances. Même en ce qui concerne la tragédie racinienne, l'unité de lieu n'est pas toujours parfaitement claire, sauf dans *Phèdre*. Dans *Bérénice*, elle exige une adresse excessive. Ailleurs, il arrive qu'on doive accepter quelquefois ou la notion d'un lieu fictif ou quelque invraisemblance. C'est sans importance : on songe que *Britannicus* se joue dans le palais de Néron, on s'y sent prisonnier, et l'on ne s'occupe pas du détail. L'unité de lieu trouve son achèvement et sa raison d'être dans l'atmosphère de huis clos où nous plonge la tragédie racinienne.

L'unité de temps. Rapportée à une formule très discutée d'Aristote — « une révolution du soleil » —, mise en pratique avec éclat par Mairet dans sa *Sophonisbe* (1634), l'unité de temps est fondée par les théoriciens du XVIe siècle et par Chapelain sur la vraisemblance : l'action ne devrait pas dépasser sensiblement la durée de la représentation. Les discussions sur la durée autorisée ont été nombreuses et subtiles. On a proposé douze heures, vingt-quatre heures, et même trente heures (Corneille, 1660). L'intérêt principal de l'unité de temps est d'orienter la tragédie vers la concentration dramatique et la simplicité. En effet, ce principe s'accommode mal d'une action fertile en événements imprévus et en coups de théâtre. Au contraire, il est en harmonie avec une action réduite à une crise. La tragédie racinienne sera parfaitement à l'aise dans un temps limité parce qu'elle repose sur les mouvements de passions simples et fortes qui imposent une action intense et brève.

L'unité d'action. Nous pourrions ainsi être conduits à confondre unité d'action et simplicité. Il ne faut pas le faire. L'unité d'action est l'unité la plus importante, mais la plus difficile à définir. Corneille (*Discours* *sur le Poème dramatique*) reconnaît dans l'unité d'action « l'unité de péril » et « l'unité d'intérêt ». Horace, dans son *Art poétique*, employait les mots : « *simplex et unum*, simple et une ». Le plus clair est de parler d'action « unifiée » (J. Scherer, *op. cit.*, p. 94). L'action peut être complexe, à condition qu'elle marche d'un élan vers son dénouement, que l'action principale influe sur les actions secondaires et, réciproquement, que toutes les actions soient amorcées dès le début de la tragédie. La simplicité implique donc l'unité d'action, mais l'on ne saurait soutenir la proposition inverse.

La simplicité racinienne. Racine a défini la simplicité de son action dramatique dans les préfaces de *Britannicus* et de *Bérénice* :

> [...] une action simple, chargée de peu de matière, telle que doit être une action qui se passe en un seul jour, et qui s'avançant par degrés vers sa fin n'est soutenue que par les intérêts, les sentiments et les passions des personnages (*Britannicus*, première préface, *P. C. B.*, p. 34, l. 87-90).
> [...] Il y en a qui pensent que cette simplicité est une marque de peu d'invention. Ils ne songent pas qu'au contraire toute l'invention consiste à faire quelque chose de rien, et que tout ce grand nombre d'incidents a toujours été le refuge des poètes qui ne sentaient dans leur génie ni assez d'abondance ni assez de force pour attacher durant cinq actes leurs spectateurs par une action simple, soutenue de la violence des passions, de la beauté des sentiments et de l élégance de l'expression (*Bérénice*, préface, *P. C. B.*, p. 40, l. 51-58).

Il faut observer :
— Que des événements extérieurs peuvent intervenir au cours du déroulement de la tragédie, mais qu'ils étaient annoncés (*Mithridate* : l'arrivée des Romains) ou prévisibles (*Bajazet* : la victoire d'Amurat et l'arrivée d'Orcan). En outre, ils vont dans le sens du dénouement attendu. Seul, le dénouement d'*Iphigénie* fait exception.
— Que la simplicité racinienne exige une situation tragique préexistante qu'un fait nouveau transforme en crise. Dans *Andromaque*, l'ambassade d'Oreste impose à Pyrrhus et par suite à Andromaque un choix immédiat. Dans *Britannicus*, le fait nouveau est l'enlèvement de Junie (I, 3). Dans *Bérénice*, c'est la mort de Vespasien. Il arrive que ce fait initial soit en quelque sorte dédoublé et crée une surprise ; mais il ne faut pas attendre plus tard que la fin du premier acte : on croit Mithridate mort, le voilà qui revient. Il en va de même, dans *Phèdre*, pour Thésée. Quelquefois, ce fait nouveau dépend lui-même des passions des personnages (*Andromaque, Britannicus*). D'autres fois, il est fortuit. Mais, dans tous les cas, il provoque une explosion que rien ne pourra arrêter. C'est ce qui a fait dire que la tragédie racinienne n'est qu'un dénouement. On voit comment la simplicité renforce la puissance tragique.

« ESTHER », TRAGÉDIE TIRÉE DE L'ÉCRITURE SAINTE

L'*Esther* de Racine fut représentée pour la première fois le mercredi 26 janvier 1689 à trois heures, dans la maison d'éducation de Saint-Louis, à Saint-Cyr, plus précisément dans le vestibule des dortoirs, que l'on avait aménagé pour la circonstance en salle de spectacle. Le 3 février, le roi donnait aux Dames de la Communauté de Saint-Louis le Privilège de l'impression et de la représentation d'*Esther*, « faisant défense » à tous comédiens de représenter la pièce (elle ne sera représentée, en dehors de Saint-Cyr et de quelques autres maisons religieuses, que le 8 mai 1721 à la Comédie-Française). Elle parut en librairie dans les premiers jours de mars 1689.

1. La retraite de Racine

Racine avait cessé d'écrire pour le théâtre en 1677, après *Phèdre*. Les raisons qui l'avaient poussé à cette détermination étaient assurément diverses.

Certains y ont vu la conclusion logique d'une crise de conscience (le poète ayant alors pensé se faire chartreux), le retour au bercail d'une brebis égarée que le Dieu de Port-Royal ramenait enfin dans les sentiers paisibles de la foi. D'autres ont pensé qu'il s'agissait de la « retraite » d'un homme de lettres : voyant la cabale (sinon le public) lui préférer des rivaux qu'il méprise (il a toujours méprisé ses rivaux), Racine décide, après l'affaire de *Phèdre*, de finir sa « carrière » sur ce chef-d'œuvre. « Peut-être, écrit François Mauriac (*la Vie de Jean Racine*, p. 144), s'était-il juré, un jour, au sortir d'une représentation d'*Attila* ou d'*Agésilas* : Moi avant qu'il soit trop tard, je saurai me taire. Il se souvient, aujourd'hui, de Corneille, de cette vieillesse humiliée. » On a pensé aussi que les motifs de cette « retraite », tout en étant d'ordre artistique, se situaient sur un plan plus humain : il s'agirait d'une sorte de découragement de l'artiste en face de son œuvre. Depuis treize ans, il subit des oppositions ; pour tenter de faire entendre son « message », il en a remodelé la forme à huit reprises, jusqu'à lui donner cette étrange et sombre beauté qui, dans *Phèdre*, touchait même le Grand Arnauld ; il n'a cependant pas été compris.

Il estime, dès lors, qu'ayant atteint les limites de son art, s'il s'avère qu'il n'a pu se faire entendre, il n'a désormais plus rien à dire.

R. Picard met aussi l'accent sur ce que cette « retraite » a d'avantageux, dans la carrière de Racine. Racine s'est, en effet, toujours efforcé de devenir un « notable ». Tout poète est soumis aux caprices de la foule : Boileau dit que l'homme de lettres est « l'esclave-né de quiconque l'achète » (*Satire* IX, v. 184) ; mais bien pire est le sort de l'homme de théâtre : siffler la pièce « est un droit qu'à la porte on achète en entrant » (*Art poétique*, III, v. 150). Racine abandonne ces sentiers rocailleux : historiographe du roi, gentilhomme ordinaire de sa Chambre, il sera un personnage officiel — ou presque — et son destin ne dépendra plus, désormais, que du bon vouloir de Sa Majesté. Il est probable que toutes ces raisons ont concouru à fixer la détermination de Racine, sans que l'on puisse discerner avec précision l'influence de chacune : l'âme d'un poète est trop complexe et l'on ne peut vraiment l'appréhender que de façon globale. Nous laisserons à François Mauriac le soin de conclure : il le fait avec une sorte de sympathie fraternelle à laquelle s'ajoute une connaissance intime, et puisée de l'intérieur, du métier d'écrivain. Pour lui (ouvrage cité, p. 145-146) :

> *Ce Racine de 1677 est encore bien éloigné de la sainteté. C'est peu de dire qu'il n'a pas renoncé au monde. Jamais ce joueur, sentant sa partie compromise, n'a plus ardemment désiré de la rétablir. Et là où son coup d'œil apparaît admirable, c'est lorsqu'il comprend que sa meilleure carte aux yeux de tous, le théâtre, est justement celle qui ne vaut plus rien et qu'il importe de détruire. Cela n'est pas si extraordinaire qu'il paraît d'abord : un auteur a souvent conscience d'être débarrassé de tout ce qu'il avait à dire ; il est souvent le premier à se sentir fini. Mais il faut vivre, et le métier survit au talent. Un roi de France dirait aujourd'hui à tel ou tel : « Laissez là votre roman annuel, je vous nomme gentilhomme de ma chambre et vous ne ferez plus rien que de raconter mes exploits... » Ah ! qu'il quitterait de bon cœur son écritoire ! Surtout si sa jeunesse ne fut pas toute pure, si d'inquiétantes figures rôdent autour de lui, s'il a le sentiment que le sol est miné sous ses pas.*

2. La commande d' « Esther »

Racine a donc quitté le théâtre ; il s'est marié, il aura de nombreux enfants ; le voici trésorier de France en la généralité de Moulins (où il n'a jamais mis les pieds), historiographe du roi ; il sera gentilhomme ordinaire de la Chambre. Il jouit d'une aisance honnête ; familier de **Versailles**, il suit la Cour dans tous ses déplacements ; il suit même, en compagnie de Boileau, les armées du roi quand elles entreprennent ces glorieuses campagnes dont les deux historiographes devront transmettre les détails à la postérité.

Racine a donc bien viré de bord, et il sait désormais gouverner sagement son esquif ; la tempête a failli se lever lors de l'affaire des poisons (voir p. 11, n. 1), mais le calme est revenu : la barque a le vent en poupe.

Voici cependant que le vent tourne : en 1684, le roi épouse une dévote, **Mme de Maintenon**, qui n'a accepté de remplacer Mme de Montespan qu'à la condition de remplacer aussi Marie-Thérèse. Racine n'a aucun mal à s'accommoder de la situation nouvelle : courtisan averti, il sait qu'on doit à la Cour vivre selon les principes du maître ; il a d'autant moins de mal à s'adapter que les nouveaux principes du maître sont ceux que lui, Racine, a déjà fait siens pour la conduite de sa propre vie.

Bientôt, Mme de Maintenon, que les problèmes d'éducation intéressent et que touche la condition médiocre de la petite noblesse, fonde à **Saint-Cyr** (à sept kilomètres de Versailles) une maison religieuse où des jeunes filles nobles et pauvres recevront aux frais du roi une éducation de premier ordre ; et cela va devenir la grande affaire de l'épouse morganatique de Louis XIV.

A Saint-Cyr on s'est mis, assez tôt, à faire du théâtre — comme dans la plupart des maisons religieuses ; Mme de Brinon, la Supérieure (une ancienne Ursuline qui a transporté à Saint-Cyr une partie des traditions de son ordre), compose même des pièces afin de divertir les élèves tout en leur procurant des exercices de mémoire, de diction, de maintien. Malheureusement, Mme de Maintenon, si l'on en croit sa jeune cousine Mme de Caylus, trouve « détestables » les œuvres de la supérieure, et elle en gardera un si mauvais souvenir que, dix ans plus tard (le 15 mai 1897), elle écrira à la sœur du Pérou (alors Supérieure de Saint-Cyr) : « Ne laissez rien composer aux filles, elles n'en sont pas capables, et vous retomberiez aux étranges pièces de Mme de Brinon »[1]. On aborde donc le répertoire classique, dont on choisit les pièces les plus sages : *Andromaque*, *Polyeucte*. Mais les Demoiselles jouèrent « trop bien » leurs rôles, et la marquise en conçut quelque inquiétude. A propos des représentations de *Polyeucte* et de la *Marianne* de Tristan, Manseau note, en décembre 1687, dans ses *Mémoires :*

Mme de Maintenon comprit, en les voyant, que ces sortes de divertissements pourraient porter les Demoiselles à la vertu et à la politesse, si on les faisait réciter des sujets qui les y portassent. Elle en parla à

1. *Corpus Racinianum*, p. 309.

> *M. Racine qui faisait alors l'histoire du Roi et le premier homme du siècle pour la poésie, et lui dit de choisir un sujet qui convînt à l'usage qu'on en voulait faire, au lieu et au temps, ce qu'il fit [1]. »*

Boileau, consulté par Racine, lui conseilla vivement de s'abstenir d'une entreprise qui, si elle pouvait sans doute asseoir un peu plus sa situation à la Cour, compromettrait à coup sûr la gloire qu'il avait acquise ; il est vrai que Boileau était persuadé qu'une pièce religieuse ne pouvait pas ne pas être médiocre, par définition : n'avait-il pas écrit au deuxième Chant de *l'Art Poétique* :

> *De la foi d'un chrétien les mystères terribles*
> *D'ornements égayés ne sont pas susceptibles* (v. 199-200) ?

Racine cependant accepta : le 18 août 1688, Dangeau note dans son Journal :

> *Racine par l'ordre de Mme de Maintenon, fait un opéra dont le sujet est Esther et Assuérus ; il sera chanté et récité par les petites filles de Saint-Cyr. Tout ne sera point en musique. C'est un nommé Moreau qui fera les airs [2].*

Racine avait accepté pour bien des raisons ; il n'est pas sûr, toutefois, que le désir de ne point mécontenter Mme de Maintenon ait eu tant de poids ; Racine dut, selon nous, comprendre l'immense intérêt littéraire d'une telle tentative, qui devait permettre de faire concourir à cette « beauté poétique » dont parle Pascal, tous les prestiges de la parole et du vers, de la musique, de la plastique, et, se mêlant aux trésors de la culture antique, la sombre éloquence et la farouche beauté des Écritures ; trouverait-on jamais occasion meilleure de fonder enfin une poésie totale, où l'artiste s'exprime vraiment avec tout ce qu'il est, tout ce qu'il conçoit, tout ce qu'il sent, sans être, pour une fois, asservi aux lois d'un public de cuistres ou d'ignorants ? Racine a dû se dire qu'il allait enfin pouvoir donner le poème de ses rêves, car il aurait alors, à condition de se tenir dans de certaines limites, les coudées franches. Il n'y a point là contradiction dans les termes, car les exigences poétiques d'un roi n'ont rien de commun avec les manies de la cabale : on peut, si l'on sait s'y prendre, se faire entendre de Mme de Maintenon et de Louis XIV, tandis que la foule et les envieux sont toujours sourds à tout ce qui n'est pas eux-mêmes. Le fait est qu'il écrivit *Esther* et qu'il retoucha la pièce soigneuse-

---

1. *Corpus*, p. 176. — 2. *Corpus*, p. 181.

ment : une lettre de cette époque à Mme de Maintenon, lettre que R. Picard soupçonne d'être un « billet [...] fabriqué après coup », nous parle de ces corrections :

> *Mon Esther est maintenant terminée, et j'en ai revu l'ensemble d'après vos conseils, et j'ai fait de moi-même plusieurs changements qui donnent plus de vivacité à la marche de la pièce. Le tour que j'ai choisi pour la fin du prologue est conforme aux observations du Roi. M. Boileau Despréaux m'a beaucoup encouragé à laisser maintenant le dernier acte tel qu'il est. Pour moi, Madame, je ne regarderai l'*Esther *comme entièrement achevée que lorsque j'aurai eu votre sentiment et votre critique [1].*

Ce qui nous semble le plus symptomatique, en cette lettre, c'est la présence, entre le roi et Mme de Maintenon, de « M. Boileau Despréaux ». Sans doute Racine se montre-t-il toujours soumis aux ordres royaux, mais il veut que l'on sache que sa pièce est bonne : Boileau l'a dit, or Boileau est un connaisseur et, de surcroît, ce connaisseur sait se faire écouter du roi.

Oui, Racine a enfin pu « écrire » — et nous savons qu'il avait conscience d'avoir fait œuvre valable, ne serait-ce que par ce mot qu'il eut à l'adresse d'une des jeunes actrices qui manquait de mémoire : « Ah! Mademoiselle, quel tort vous faites à ma pièce! » *A ma pièce.* Et l'on dit qu'il s'agit d'une tragédie de couvent!

Ce fut un événement que cette *pièce :* elle plaisait au roi, elle plaisait à Mme de Maintenon, elle plut à toute la Cour. La lettre que Mme de Sévigné écrivit à sa fille après la représentation du samedi 19 février (la dernière) donne bien le ton de la cérémonie :

> *Nous y allâmes samedi, Mme de Coulanges, Mme de Bagnols, l'abbé Têtu et moi. Nous trouvâmes nos places gardées. Un officier dit à Mme de Coulanges que Mme de Maintenon lui faisait une siège auprès d'elle : vous voyez quel honneur. Pour vous, Madame, me dit-il, vous pouvez choisir. Je me mis avec Mme de Bagnols au second banc derrière les duchesses. Le maréchal de Bellefonds vint se mettre, par choix, à mon côté droit, et devant c'étaient Mmes d'Auvergne, de Coislin, de Sully. Nous écoutâmes, le maréchal et moi, cette tragédie avec une attention qui fut remarquée, et de certaines louanges sourdes et bien placées, qui n'étaient peut-être pas sous les fontanges [2] de toutes les dames. Je ne puis vous dire l'excès de l'agrément de cette pièce : c'est une chose qui n'est pas aisée à représenter, et qui ne sera jamais imitée; c'est un rapport de la musique, des vers, des chants, des personnes, si parfait et si complet, qu'on n'y souhaite rien; les filles qui font des rois*

---

1. *Œuvres* de Racine, éd. Picard, II, p. 492. — 2. Ruban qui retenait les cheveux et se nouait au-dessus du front.

*et des personnages sont faites exprès: on est attentif, et on n'a point
d'autre peine que celle de voir finir une si aimable pièce ; tout y est
simple, tout y est innocent, tout y est sublime et touchant; cette fidélité
de l'histoire sainte donne du respect; tous les chants convenables aux
paroles, qui sont tirées des Psaumes ou de la Sagesse, et mis dans le
sujet, sont d'une beauté qu'on ne soutient pas sans larmes : la mesure de
l'approbation qu'on donne à cette pièce, c'est celle du goût et de l'attention. J'en fus charmée, et le maréchal aussi, qui sortit de sa place, pour
aller dire au Roi combien il était content, et qu'il était auprès d'une
dame qui était bien digne d'avoir vu Esther. Le Roi vint vers nos
places et, après avoir tourné, il s'adressa à moi, et me dit : Madame,
je suis assuré que vous avez été contente. Moi, sans m'étonner, je
répondis : Sire, je suis charmée; ce que je sens est au-dessus des
paroles. Le Roi me dit : Racine a bien de l'esprit. Je lui dis : Sire, il
en a beaucoup ; mais en vérité, ces jeunes personnes en ont
beaucoup aussi : elles entrent dans le sujet comme si elles n'avaient
jamais fait autre chose. Il me dit : Ah! pour cela, il est vrai. Et puis
Sa Majesté s'en alla, et me laissa l'objet de l'envie : comme il n'y avait
quasi que moi de nouvelle venue, il eut quelque plaisir de voir mes sincères admirations sans bruit et sans éclat. Monsieur le Prince, Mme la
Princesse me vinrent dire un mot; Mme de Maintenon, un éclair:
elle s'en allait avec le Roi; je répondis à tout, car j'étais en fortune.*

On pourrait citer encore d'autres textes, ils n'apporteraient rien de
plus — pas même un jugement pertinent : toute cette liturgie royale
nous fait, malgré que nous en ayons, penser à une autre description
contemporaine (mars 1688).

*Les grands de la nation s'assemblent tous les jours, à une certaine
heure, dans un temple qu'ils nomment église; il y a au fond de ce temple
un autel consacré à leur Dieu, où un prêtre célèbre des mystères qu'ils
appellent saints, sacrés et redoutables; les grands forment un vaste
cercle au pied de cet autel, et paraissent debout, le dos tourné directement aux prêtres et aux saints mystères, et les faces élevées vers leur
roi, que l'on voit à genoux sur une tribune, et à qui ils semblent avoir tout
l'esprit et tout le cœur appliqué. On ne laisse pas de voir dans cet usage
une espèce de subordination[1]; car ce peuple paraît adorer le prince, et
le prince adorer Dieu. Les gens de ce pays le nomment *** ; il est à
quelque quarante-huit degrés d'élévation du pôle, et à plus d'onze
cents lieues de mer des Iroquois et des Hurons.*

Ce pays-là, dont nous parle La Bruyère (les *Caractères*, VIII, 74),
Saint-Cyr n'en était qu'à sept kilomètres — et c'est peut-être cette

---

De hiérarchie.

distance qui a permis à Mme de Sévigné, pour une fois, de déroger aux usages et de voir un peu (si peu!) les *prêtres* et les *saints mystères*. Mais, quand on sera sorti du temple, c'est-à-dire quand *Esther* ayant paru en volume on pourra la lire dans le secret du cabinet, la marquise écrira à sa fille (9 mars 1689) : « Vous avez *Esther ;* l'impression a fait son effet ordinaire : vous savez que M. de La Feuillade dit que c'est une requête civile contre l'approbation publique ; vous en jugerez. » Comme elle ne veut pas paraître brûler ce qu'elle a adoré, elle ajoute : « Pour moi, je ne réponds que de l'agrément du spectacle, qui ne peut pas être contesté. »

Pour le cas où Mme de Grignan aurait encore quelque illusion, sa mère lui écrira le 21 mars : « Racine aura peine à faire jamais quelque chose d'aussi agréable, car il n'y a plus d'histoire comme celle-là : c'était un hasard et un assortiment de toutes choses, qui ne se retrouvera peut-être jamais. » *C'était un hasard !*

Mais la liturgie de la Cour revient vite, aussi la marquise ajoute-t-elle : « Racine a pourtant bien de l'esprit » — le roi l'avait dit — et elle conclut : « Il faut espérer ».

Et Racine dans tout cela ? et sa *pièce*, comme il disait ? Comme il a dû mesurer la fragilité des gloires humaines !

Pour comble, voilà que ce « spectacle » n'est pas approuvé de l'Église : il paraît que les religieuses de Saint-Cyr, « quand on leur fit quitter pour y venir les tribunes où elles s'étaient retirées pour prier, elles ne furent présentes au spectacle que les yeux baissés et occupées à dire leur chapelet » [1] ; le curé de Versailles, le digne M. Hébert, qui n'était ni un fanatique ni un esprit borné, refusait d'assister aux représentations ; et l'opinion que rapporte le manuscrit des *Nouvelles Ecclésiastiques* de février 1689 [2] dut courir en bien des sacristies :

> *Les actrices font des merveilles avec des habits tout unis de taffetas blanc ou rouge, beaucoup de modestie. Les pensionnaires chantent la musique, et il n'y a aucun mélange de fiction poétique, mais la représentation n'en est pas moins dangereuse par tous ces endroits de mérite, d'autant plus que l'on y ira comme au sermon.*

Que reste-t-il désormais à Racine ? Le Grand Arnauld approuva la pièce, mais dans une lettre [3] au Landgrave de Hesse ; Racine connut-il l'opinion de son vieux maître ?

---

1. Ménard, notice d'*Esther*, III, p. 427. — 2. *Corpus*, p. 193. — 3. Voir cette lettre. à la fin de ce volume, p. 123 ⑧).

3. Les sources

A le considérer, au sens strict, le problème des sources *d'Esther* paraît
assez simple, car c'est de la Bible, au *Livre d'Esther*, que Racine a tiré,
aussi bien le sujet de sa tragédie que la plupart des détails de l'action
et des caractères.

Le *Livre d'Esther* prend place dans l'Ancien Testament, avec ceux
de *Judith* et de *Tobie*, dans une catégorie spéciale de livres historiques relatifs aux luttes d'Israël contre l'oppresseur, et à la captivité ; l'auteur s'y efforce moins d'atteindre à la précision historique
et géographique que de dégager du récit un enseignement moral ou
religieux : si Tobie a retrouvé la prospérité, si Judith et Esther ont
sauvé leur peuple, c'est que tous trois sont demeurés fidèles à la Loi.
Une telle conception de l'histoire sera lourde de conséquences pour
l'œuvre de Racine.

Quel texte du *Livre d'Esther* a-t-il utilisé ? A cette question, l'inven-
taire que l'on dressa de sa bibliothèque après sa mort [1] permet de
répondre avec assez de précision. Ce document signale, entre bien
d'autres, deux éditions importantes de la Bible : celles de **Vatable** (Robert Estienne, 1545) et de Sacy. La Bible de Vatable (professeur d'hébreu au Collège de France, mort en 1547) est une œuvre essentiellement philologique : un commentaire précis y accompagne deux versions
latines, celle de saint Jérôme, dite la Vulgate, et une « version nouvelle » sur les originaux grecs et hébraïques, due au Réformateur Léon
de Juda (1482-1542). Racine possédait également la traduction des
Psaumes de Vatable (1546). L'édition d'**Isaac Lemaistre de Sacy**
(1613-1684), directeur des religieuses de Port-Royal, commença
à paraître en 1672 : elle est d'une importance considérable ; elle présente, en effet, avec le texte de la Vulgate, un très abondant commentaire exégétique et pastoral, et une traduction française demeurée
justement célèbre par son élégance, et par une fidélité exceptionnelle
à l'époque.

La connaissance de ces deux éditions permet, pratiquement, de répondre
à toutes les questions d'ordre proprement scripturaire que peut poser
la tragédie *d'Esther*. Sans soulever de graves problèmes, le texte du
Livre d'Esther n'est cependant pas d'une unité parfaite ; il semble
bien que Racine en connut tous les aspects. Sa méthode de travail fut
sans doute la suivante : le document de base qu'il utilisa fut la version
française de Sacy, avec le commentaire qui l'accompagne ; certains
détails (qui ne sont donnés que par la version grecque des Septante

---

1. Voir Paul Bonnefon, « La Bibliothèque de Racine », *Revue d'histoire
littéraire de la France*, 1898.

ou celle de Lucien d'Antioche) transparaissant dans la version latine de Léon de Juda, il n'est pas étonnant qu'on puisse les retrouver dans le texte de Racine.

L'histoire d'Esther nous est aussi rapportée par l'historien juif **Flavius Josèphe** (37-100) — dont les ouvrages sont écrits en grec —, au chapitre 6 du Livre XI des *Antiquités judaïques*. Racine possédait une édition gréco-latine des œuvres de Flavius Josèphe (Genève, 1611), et leur traduction par Arnauld d'Andilly (1668). Il ne semble pas qu'il ait tiré grand profit de cette lecture ; il néglige, en effet, tout l'apport historique de Josèphe, qui identifie clairement Assuérus à Artaxerxès (comme les Septante, d'ailleurs) ; et, si les considérations de l'historien juif sur l'action de Dieu dans l'histoire d'Esther touchent au problème de la grâce [1], chacun sait que Racine entendit parler de la grâce et de la Providence divine avant d'avoir lu les *Antiquités Judaïques*.

Le problème des sources d'*Esther* est, en effet, moins simple qu'il n'apparaît d'abord ; en fait, c'est toute la Bible qui inspira Racine — et, avec elle, le *Bréviaire romain* (dont il traduisit les Hymnes) et le *Missel romain*.

La Bibliothèque municipale de Toulouse possède un exemplaire d'*Esther* (édition de 1689) dans les marges duquel ont été notées (par une des filles de Racine vraisemblablement) les principales sources de la tragédie [2]. Ce document fournit une liste de quatre-vingt-huit références précises : vingt-huit au *Livre d'Esther*, cinquante-huit à d'autres livres bibliques, deux à des auteurs profanes (Théocrite et Le Tasse). Cette liste a été allongée considérablement par Ménard, Lanson, Coquerel et Vianey — et, nous-même, nous n'avons pas manqué d'y apporter notre contribution. On peut ainsi obtenir, sans forcer les choses, une liste de plus de trois cents textes bibliques. Une telle abondance, loin d'être embarrassante, est d'un grand prix. Tout d'abord, elle permet d'éclairer le texte de la tragédie, lequel n'est pas aussi limpide qu'on l'a dit. D'autre part, elle a son prix pour qui veut étudier les méthodes de travail et l'art de Racine : dans les « bandeaux » qui accompagnent le texte d'*Esther*, nous nous efforcerons d'orienter le lecteur vers cette étude, car il ne semble pas douteux que Racine ait utilisé tous ces textes. Les chrétiens cultivés du Grand Siècle lisaient assidûment l'Écriture ; élève de Port-Royal, il devait en faire une lecture plus assidue encore et plus réfléchie : il ne se déplaçait jamais sans sa Bible [3]. A la lecture du *Livre d'Esther*

---

1. Il ne faut pas oublier que le nom même de Dieu est absent de la section hébraïque du *Livre d'Esther*, ce qui ne laisse pas de poser quelques problèmes. — 2. Voir J. Orcibal, *la Genèse d' « Esther » et d' « Athalie »*, p. 108-109 et 141 à 143. — 3. Dans une lettre du 24 septembre 1694 (éd. Picard, II, p. 544), il demande qu'on lui envoie à Fontainebleau les *Psaumes latins* de Vatable qu'il a oubliés à Paris.

ou des *Psaumes* (quarante-trois références dans l'*Esther* de Toulouse), les textes scripturaires parallèles devaient jaillir nombreux des profondeurs de sa mémoire ; M. Orcibal dit qu'il faut « faire la part de l'inconscient » : on le peut, certes, mais cela ne semble pas nécessaire, car Racine, s'il était imprégné du texte biblique, avait dans sa bibliothèque, à côté de ses nombreuses éditions, un instrument de travail de tout premier ordre, une *Concordantia Bibliorum sacrorum*, très gros volume où les mots de la Vulgate sont rangés dans l'ordre alphabétique, avec la référence exacte (et un bref contexte) de tous les passages (ou peu s'en faut) où ils sont employés. On imagine le parti qu'un homme comme Racine pouvait tirer d'un tel ouvrage : qu'un mot, qu'une idée même (et il savait trouver le mot latin qui y correspondait) du *Livre d'Esther* ou des *Psaumes* vînt à réveiller en son esprit un souvenir, une résonance ou la possibilité d'une image, il n'avait qu'à ouvrir sa *Concordance*, et il trouvait à sa disposition une foule de textes, parmi lesquels il ne lui restait qu'à choisir celui dont l'expression lui semblait la meilleure, la plus proche de sa pensée. Il n'est d'ailleurs pas certain que même sa *Condordance* ait pu toujours le satisfaire : on verra plus loin qu'au moins une fois, après avoir compulsé *Jérémie*, *les Lamentations* et *Joël* (pour ne parler que des principaux), Racine s'est tourné vers les textes liturgiques et a traduit une antienne du jour des Cendres.

C'est donc toute la vie religieuse de Racine qui l'a inspiré dans *Esther*, et c'est de cette constatation qu'il faudra partir pour donner de la tragédie une interprétation qui soit dans la ligne de sa pensée la plus authentique.

4. Le « Livre d'Esther » et l'histoire

Les événements rapportés au *Livre d'Esther* peuvent être résumés assez brièvement : une Juive du nom d'Esther est l'épouse du roi de Perse Assuérus ; elle fait échouer un pogrom décidé à l'instigation du premier ministre Aman, et son oncle (ou cousin) Mardochée remplace Aman à la tête du gouvernement de l'empire Perse. Les faits, cependant, pour être simples, donnent matière à bien des hésitations. La première difficulté vient de ce que les seuls garants de cette histoire sont la Bible et Flavius Josèphe — lequel peut bien l'avoir tirée de la Bible. Cette difficulté est sérieuse, bien qu'en vérité le silence d'Hérodote ne soit pas une preuve absolue contre l'authenticité du récit biblique ; il a dû se passer, dans l'empire des Achéménides, bien des événements dont Hérodote n'a point parlé : il ne parle pas non plus de l'édit de Cyrus dont personne ne songe à contester la réalité, et il ne fait même aucune mention des Juifs. De toute façon, la solution du problème dépend de la perspective où l'on se place : c'est l'affaire des théologiens de dire si le *Livre d'Esther* est un « livre historique », et de décider du degré de véracité qu'on doit lui accorder. Pour nous, qui n'abordons ce problème qu'en vue de l'étude de la tragédie de Racine, nous avons à poser le principe suivant : l'histoire d'Esther doit être cohérente et vraisemblable ; elle doit se dérouler dans un cadre historique vraisemblable ; elle doit donner matière à un enseignement moral. Ainsi le veut l'esthétique empruntée par nos classiques à la *Rhétorique* d'Aristote.

Que l'histoire d'Esther soit vraisemblable, il le semble bien : Spinoza (qui en élimine toute trace de divin) va même jusqu'à dire qu'elle n'est qu'une affaire banale de révolution de palais, issue du sérail, comme il s'en est produit des quantités dans l'Orient ancien.

La cohérence de l'histoire et son cadre posent plus de problèmes : les documents sont malheureusement assez pauvres à ce sujet, car, si les fouilles de notre siècle ont mis au jour d'innombrables documents relatifs aux Assyro-Babyloniens et aux Achéménides, elles n'ont pas permis de retrouver les « Annales » qu'Assuérus faisait tenir à jour et dont l'existence est des plus vraisemblables ; elles durent être détruites quand les soldats d'Alexandre mirent le feu au palais royal de Suse.

Faute de documents précis, on se trouve réduit aux vraisemblances. Qui était Assuérus ? Sur ce point, toutes les versions s'accordent : il s'agit de **Xerxès** ou **Artaxerxès**, et *Assuérus* n'est que la transcription latine de la graphie hébraïque. Cependant, Vatable et Sacy l'identifient avec **Darius** Ier, et Racine adopte naturellement ce point de vue (voir le v. 1077). Cette identification prend appui sur la personne de Mardochée. Celui-ci est présenté comme un Juif déporté à Babylone avec Jéchonias : il aurait alors plus de 130 ans lors de l'élévation d'Esther (voir la chronologie, p. 39), à supposer qu'il ait été déporté dans sa première année, — ce qui paraît invraisemblable car un nourrisson n'aurait pas survécu aux effroyables misères du voyage. Le rôle qu'on lui prête, dans *Esther*, ne convient d'ailleurs pas à un vieillard aussi chenu. Cependant, quoi qu'en pensent Vatable et Sacy, la difficulté reste la même si l'élévation d'Esther eut lieu en 514 (la septième année du règne de Darius) : Mardochée aurait alors un minimum de 83 ans ; on sait que, dans la Bible, figurent nombre de vieillards vigoureux, mais un Mardochée quasi nonagénaire n'est pas plus vraisemblable qu'un Mardochée de 135 ans.

La solution de cette difficulté se trouve dans une meilleure interprétation du texte biblique, interprétation que suggère Sacy sans en voir l'importance. Voici le verset [1] : « Il était du nombre des captifs que Nabuchodonosor, roi de Babylone, avait transférés de Jérusalem avec

---

1. Dans tout ce volume, les textes bibliques sont cités d'après la version de Sacy parce que c'est celle qu'utilisa Racine. La traduction des autres textes, sauf exception signalée, sera de nous.

Jéchonias, roi de Juda » (*Esther*, XI, 4). A vrai dire, l'affirmation n'implique pas nécessairement que Mardochée ait été déporté avec Jéchonias ; les habitudes du style biblique permettent de comprendre qu'il était « d'une famille qui fut déportée avec Jéchonias », ce qui précise son rang social, car Nabuchodonosor n'a emmené que « tous les plus vaillants de Juda » (IVᵉ livre des *Rois*, XXIV, 16), le reste du peuple n'ayant été transféré à Babylone que onze ans plus tard, par Nabuzardan, général de Nabuchodonosor (IVᵉ *Rois*, XXV, 16).

Dans ces conditions, Mardochée peut fort bien avoir, en 478, une quarantaine d'années, âge qui convient parfaitement au rôle que lui donne la Bible (comme aux projets de mariage avec Esther que lui prêtent les Septante).

Ainsi s'expliquent aussi son nom et ses fonctions ; *Mardochée* est un nom assez répandu dans la région de Suse : il s'apparente à celui du dieu babylonien Mardouk, et un Juif pouvait le porter sans être tenu pour renégat. Quant à ses fonctions (« Mardochée demeurait alors à la cour du roi Assuérus, avec Bagatha et Thara, eunuques du roi, qui étaient les gardes de la porte du palais », *Livre d'Esther*, XII, 1), si elles ne sont pas parfaitement définies, elles se comprennent lorsqu'on voit en Mardochée un Juif installé à Suse (où sa famille se fixa après l'édit de Cyrus) : les Juifs n'étaient pas alors opprimés, mais on ne les aimait pas ; si certains s'étaient créé des situations honorables, ils restaient soumis au bon plaisir royal ; un office « à la Porte du Roi » était sans doute un gage du bon vouloir du prince. Mardochée pouvait être un des gardes de la porte, ou même un de ces fonctionnaires qui réglaient sur place une quantité de menus problèmes administratifs.

Les questions se posent nombreuses aussi à propos d'Esther. Selon les auteurs anciens, l'épouse de Darius se nommait **Atossa**, reine dans toute sa majesté, même après la mort de son époux : que l'on relise les *Perses* d'Eschyle. Xerxès, lui, avait pour épouse **Amestris**, fille d'Otanès (l'un des premiers compagnons de Darius), une maîtresse femme, autoritaire, jalouse, cruelle : relisons Hérodote (IX, 108 à 113).

Cependant, le Grand Roi était polygame : en plus de ses femmes légitimes, il avait des concubines en grand nombre, un harem. On a supposé que Vasthi, puis Esther, n'étaient rien de plus que des femmes de harem, distinguées par leur seigneur et maître, des « reines du harem », qu'il ne faudrait pas confondre avec la Reine (Atossa ou Amestris), issue obligatoirement de la famille d'un des compagnons de Darius. Cette hypothèse expliquerait qu'à côté d'Amestris, Xerxès ait pu « couronner » une autre « reine » ; que cette nouvelle « reine » ait pu dissimuler à son époux son nom et sa naissance, et qu'Hérodote n'en ait point parlé : elle n'aurait été, en somme, que la favorite parmi les nombreuses femmes du harem. Qu'une Juive vivant selon la Loi, comme Esther, ait fait alors si bonne figure n'aurait rien de bien étonnant : le moyen, d'abord, de résister aux agents recruteurs qui l'ont

Mme de Maintenon
et sa nièce

par Ferdinand Elle

Château de Versailles.

Cl. Giraudon

Demoiselle de S¹ Cyr de la premiere Classe portant
le ruban bleu, qui est la marque de cette Classe.

Demoiselle de S¹ Cyr portant
est la marque de la Seco[nd]

Demoiselles de Saint-Cyr

Elève de Première (ruban bleu),
à gauche,
élève de Seconde (ruban jaune),
à droite

CHŒURS
DE LA
TRAGEDIE
D'ESTHER
AVEC LA MUSIQUE.
Composée par J. B. MOREAU, Maistre d[e]
Musique du Roy.

A PARIS,
Chez Denys Thierry, ruë saint Jacques.
Claude Barbin, au Palais.
ET
Christophle Ballard, ruë S. Jean de Beauva[is]

M. DC. LXXXIX.
AVEC PRIVILEGE DU ROY.

enlevée au cours de la grande rafle qui va repeupler le harem ? Et puis, les rois d'Israël avaient eu, eux aussi, de nombreuses femmes : Salomon avait « sept cents femmes qui étaient comme des reines, et trois cents qui étaient comme des concubines » (IIIe Livre des *Rois*, XI, 3). Cependant, une difficulté subsiste : comment imaginer qu'une favorite de harem ait pu prendre à Suse une importance assez grande pour provoquer une révolution politique ? Que devant les menaces antijuives elle ait pu sauver sa vie, celle de ses parents et même de tous ses coreligionnaires, passe encore ; mais de là à faire autoriser un tel massacre des ennemis des Juifs dont, de surcroît, Hérodote ne parle pas... Il est probable que le massacre en question fut moins important que ne le dit le *Livre d'Esther* — bien que la *Magophonie* de Darius nous incline à penser que les Achéménides ne reculaient pas devant les grands moyens — et que ce massacre ne dut pas atteindre les Perses proprement dits : c'était, en somme, une sorte de règlement de comptes entre peuples sujets. Aman était un Amalécite. Enfin, Xerxès était d'un caractère fantasque, et sa passion des femmes le portait à bien des excès, au dire d'Hérodote...

On voit qu'en somme les événements essentiels de l'histoire d'Esther présentent une cohérence assez complète et se situent avec vraisemblance dans un contexte plausible : il nous reste à examiner quel parti Racine tira de ces faits.

5. La signification d' « Esther »

La signification morale du *Livre d'Esther* est claire : l'auteur a voulu montrer, par l'exemple de cette jeune femme qui sauve son peuple, que Dieu mène le monde, et que l'action divine n'exige pas des moyens puissants, qu'il lui suffit de se manifester pour triompher de ses ennemis. Si l'absence de toute mention de Dieu et de son action, dans les sections hébraïques, peut paraître infirmer cette thèse, les exégètes ont expliqué cette « neutralité » (si l'on peut dire) par un désir de ne heurter l'opinion de personne, pour être mieux entendu de tous. Une telle conception de l'histoire est celle de toute la Bible, et elle s'appuie sur de nombreux exemples : Joseph, Moïse, David ont eu des débuts obscurs avant de parvenir à la grandeur ; ces versets du cantique de la Vierge Mar'e :

Et sa miséricorde s'étend d'âge en âge sur ceux qui le craignent.
Il a renversé les grands et leurs trônes, et il a élevé les petits (Saint Luc, I, 50 et 52)

pourraient presque servir de résumé à l'histoire d'Israël.

Plus nuancée et plus complexe sera la signification de la tragédie de Racine. D'abord, on y trouve des allusions à l'histoire contemporaine. Il n'est pas douteux, et les premiers spectateurs le sentirent,

33

qu'Esther représente **Mᵐᵉ de Maintenon**, et que le roi Assuérus n'est autre que **Louis XIV** [1]. On a voulu voir **Louvois** dans Aman et **Mᵐᵉ de Montespan** dans Vasthi : il est peu probable que Racine ait recherché ces identifications. Qu'on les ait faites malgré lui, c'est ce qu'il ne pouvait empêcher ; les personnages étant dans la Bible, il ne pouvait les supprimer. Qui a-t-il voulu représenter dans le peuple juif opprimé ? ce point reste obscur. Il serait trop simple de répondre que Racine n'a pensé à rien d'autre qu'au peuple juif, conformément au texte des Écritures. Racine savait qu'au XVIᵉ et au XVIIᵉ siècle l'histoire d'Esther, portée à la scène par plusieurs auteurs protestants, avait pris valeur de symbole : elle prophétisait, à tous les justes opprimés pour leur foi, la victoire finale sur leurs ennemis. Dès 1689, la tragédie de Racine fut imprimée à Neufchâtel, avec un *Avertissement* dont voici quelques lignes :

> *Le sujet de cette pièce a tant de rapport à l'état présent de l'Église Réformée, qu'on a cru servir à l'édification de ceux qui sont touchés de la désolation de Sion, et qui soupirent après sa délivrance, d'en procurer une seconde édition* [2].

Par « l'état présent de l'Église Réformée » on entendait, évidemment, la révocation de l'édit de Nantes et tout ce qui s'en était suivi. Une telle interprétation de la pensée de Racine serait peu plausible — et le préfacier huguenot le savait bien car il ajoutait :

> *Au reste, l'on espère que l'illustre auteur de cette tragédie ne trouvera pas mauvais qu'on ait fait une application si éloignée de sa pensée.*

M. Orcibal pense qu'*Esther* est un plaidoyer en faveur d'une communauté de Toulouse, les **Filles de l'Enfance**, persécutée par les Jésuites, et dont un arrêt du Conseil avait en 1686 ordonné la suppression. Un an plus tard, Arnauld avait écrit *l'Innocence opprimée*, pour alerter l'opinion publique — et le roi — en faveur des religieuses persécutées ; Racine eut certainement connaissance de ce livre et de l'affaire qui l'avait motivé.

Il semble pourtant que les malheurs des Filles de l'Enfance ne l'aient touché que parce que ces saintes Filles connaissaient un destin analogue à celui des religieuses de **Port-Royal**. On peut dire, avec A. Adam [3], que Racine a affirmé alors son « attachement »

---

1. Le cadre de la tragédie a été, dans une assez large mesure, modernisé, en ce sens que tout ce qui, dans la pièce, rappelle le sérail, a disparu : Esther est l'épouse légitime et unique d'Assuérus ; et cela n'est pas sans soulever des difficultés que nous aurons à relever au passage, certains faits du récit biblique conservés par Racine ne pouvant s'expliquer dans la perspective résolument moderne que Racine a donnée à sa tragédie. — 2. *Corpus*, p. 202. — 3. *Histoire de la littérature française au XVIIᵉ siècle*, V, p. 48-49.

à la France menacée en même temps qu'à Port-Royal. Il nous paraît cependant que c'est surtout pour la Mère Agnès de Sainte-Thècle et ses compagnes que priait Esther, et Mardochée nous apparaît plutôt sous les traits du Grand Arnauld, — à moins que le cri d'Esther *O mon père, est-ce vous* (v. 156) ne s'adresse à M. Hamon : il aimait tant « le petit Racine » que l'auteur d'*Esther* voulut reposer dans le cimetière de Port-Royal, « aux pieds de la fosse de M. Hamon ». Il paraît difficile de faire de la tragédie d'*Esther* des applications précises en dehors de Port-Royal : s'il est indéniable que l'affaire de Toulouse a pu émouvoir Racine et que d'autres victimes de l'oppression ont provoqué sa pitié, il n'en reste pas moins certain que, pour lui, la foi c'était celle qu'en son cœur avaient versée ceux qui formèrent son âme, et, quoi qu'ait pu penser naguère Masson-Forestier, c'est à Port-Royal que l'âme de Racine fut façonnée. D'ailleurs, en 1689, on n'était plus tellement suspect quand on passait pour un raisonnable ami de Port-Royal. Les Solitaires et les religieuses avaient depuis longtemps signé le Formulaire ; sans doute Arnauld résidait-il à Bruxelles, mais le P. Quesnel n'avait pas encore remis en question une paix religieuse qui, pour être superficielle, ne laissait pas de permettre à un homme de Cour comme Racine de venir en toute quiétude faire ses dévotions à Port-Royal.

Il s'est néanmoins défendu d'être janséniste : son fils Louis cite une lettre écrite en 1698 à Mme de Maintenon (lettre dont le brouillon se trouve à la Bibliothèque Nationale) ; même si, comme le pense R. Picard, cette lettre ne fut pas réellement envoyée, la protestation de Racine doit être citée :

> *Ayez la bonté de vous souvenir, Madame, combien de fois vous avez dit que la meilleure qualité que vous trouviez en moi, c'était une soumission d'enfant pour tout ce que l'Église croit et ordonne, même dans les plus petites choses. J'ai fait par votre ordre[1] près de trois mille vers sur des sujets de piété ; j'y ai parlé assurément de l'abondance de mon cœur, et j'y ai mis tous les sentiments dont j'étais le plus rempli. Vous est-il jamais revenu qu'on y ait trouvé un seul endroit qui approchât de l'erreur et de tout ce qui s'appelle Jansénisme[2] ?*

Sans doute Racine était-il sincère, mais il ne se rendait pas un compte exact des choses : que savait-il vraiment du christianisme, sinon ce que lui en avaient appris ses maîtres ? Le seul Dieu qu'il adora jamais est le Dieu de Jansénius, ce Christ qui sur la croix n'ouvre pas largement ses bras aux hommes.

---

1. « *Par votre ordre* est horrible et diminue notre pitié pour le vieux poète », note François Mauriac (p. 215). — 2. Éd. Picard, II, p. 590.

En fait, l'atmosphère d'*Esther* semble bien celle de l'*Augustinus* :
ce n'est pas, comme on le répète, l'enseignement du Christ qui vient
enrichir l'esprit du Vieux Testament, c'est l'enseignement de Jansenius qui donne ici à la tradition biblique son orientation.

En effet, si l'on supprime d'*Esther* la prédestination, il reste une
histoire absurde qui, loin de retenir notre intérêt, finit par provoquer
une sorte de nausée : si Dieu est absent, Esther et Mardochée ne
sont ni plus ni moins que des « racistes » (pour employer un terme
que Racine eut le bonheur de ne pas connaître) ; mais la perspective change du tout au tout si l'on réfléchit à l'action de Dieu.

Comment croire, en effet, qu'un roi puisse épouser une jeune fille
— quelle qu'en soit la beauté — dont il ne connaît ni la famille ni
le vrai nom [1] ? C'est qu'Esther est l'élue de Dieu. Pourquoi Élise,
sur l'ordre du *prophète divin* (v. 14), se met-elle ce jour-là (plutôt que
le lendemain) à la recherche d'Esther ? C'est qu'elle est, elle aussi,
une sainte et qu'il faut qu'elle vienne joindre sa prière à celle d'Esther
et de ses compagnes. Comment Mardochée peut-il, couvert d'un
cilice affreux (v. 159), pénétrer jusqu'aux appartements de la reine ?
Un ange du Seigneur (v. 157) l'a guidé, parce qu'il faut que les desseins de Dieu s'accomplissent, et ils ne s'accompliront que si les
saints en obtiennent l'accomplissement par la prière et la pénitence.
C'est la prière d'Esther et de ses compagnes, c'est le jeûne et la
prière de tous les Juifs de Suse qui expliquent le revirement subit
d'Assuérus, car c'est par une action directe que Dieu agit sur l'esprit
du roi. Saint Augustin [2] avait analysé cette action de la grâce :

> *Pendant qu'il regardait Esther avec un œil terrible comme un tau-*
> *reau furieux, s'était-il déjà tourné du côté de Dieu par son libre-*
> *arbitre, souhaitant qu'il gouvernât son esprit ? [...] Néanmoins Dieu*
> *le tourna où il voulait et changea sa colère en douceur, ce qui est bien*
> *plus admirable que s'il l'avait seulement fléchi à la clémence, sans*
> *l'avoir trouvé possédé d'un sentiment contraire.*

Dès lors, tout est accompli, Assuérus ne résistera pas à la grâce :
les saints seront sauvés, les pécheurs, ceux pour qui il n'est point
de rédemption, seront impitoyablement livrés au malheur. Flavius
Josèphe avait déjà fait observer cette action de la grâce :

> *Mais le roi, à mon avis par la volonté de Dieu, changea de sentiment*
> (Ant. Jud., XI, vi, 9).
> *Une conclusion s'impose à mon esprit : il faut admirer la puissance*
> *de Dieu, sa sagesse et sa justice* (Ant. Jud., XI, vi, 11).

---

1. Avant d'entrer à la Cour, Esther s'appelait, en effet, *Édisse, Hadassah* en
hébreu. — 2. C'est M. Orcibal qui cite ce texte (p. 90) du *Traité de la grâce de
Dieu*, dans la traduction qu'en a donnée Bossuet.

L'intérêt véritable d'*Esther* est de nous montrer le cheminement de la grâce : Esther, Mardochée, Élise sont prédestinés ; ils prient, ils méritent ; Dieu envoie sa grâce, elle chemine dans l'âme d'Assuérus ; par contraste, Aman, le réprouvé, accumule les fautes : sa perte est assurée ; elle se consommera bientôt dans le triomphe des Justes. Nous avons là presque une mise en œuvre de la seconde des célèbres « propositions » où Cornet résumait, en 1649, la doctrine de l'*Augustinus* de Jansenius :

> *On ne résiste jamais à la grâce intérieure dans l'état de nature déchue ;*

ou de certains principes du P. Quesnel :

> *Que reste-t-il à une âme qui a perdu la grâce, sinon le péché et les conséquences du péché : une orgueilleuse pauvreté, [...] une impuissance générale à l'effort, à la prière et à toute bonne action ?*
> *Jésus-Christ s'est livré à la mort pour sauver les premiers-nés, c'est-à-dire les élus, de la main de l'ange exterminateur* [1].

Certes, l'ange exterminateur, c'est l'Ancien Testament, mais à la prière d'Esther, que rapporte la Bible, Racine ajoute l'espérance messianique : l'action de la Providence n'a pas d'autre fin que l'établissement de l'Église chrétienne — et de cette Église, le chœur nous le dira, les impies seront écartés à moins que Dieu ne veuille, par un acte positif de sa bonté, les éclairer, car ils n'ont aucun moyen propre de connaître la lumière.

Comment s'étonner, dès lors, de la cruauté d'Esther, qui sèchement repousse Aman venu lui demander sa grâce, d'Esther qui froidement provoque le massacre de ses ennemis ? Il entre dans les vues de la Providence qu'après avoir vu les méchants triompher ici-bas, les quelques saints que Dieu s'est choisis connaissent le vrai triomphe, car Dieu, dans sa bonté, n'a damné les méchants que pour mieux faire éclater la félicité éternelle de ses Élus.

Si l'on réduit *Esther* à une tragédie politique, elle sera certes animée de passions dramatiques : ce sera la lutte de l'homme contre les hommes, la lutte d'Aman contre Mardochée — et l'on pourra se demander qui l'emportera, du fils d'Agag que vainquit jadis Saül, ou du fils de Saül. Mais la race d'Agag a été maudite par Dieu ; Mardochée, fils de Saül, doit triompher, car c'est Dieu lui-même qui mène le combat ; il sauvera les Justes, ce Dieu, mais il est le

---

1. *Les Réflexions morales sur le Nouveau Testament* paraissent en 1693; le P. Quesnel (réfugié à Bruxelles, auprès d'Arnauld, depuis 1685) remaniait depuis vingt ans un ouvrage paru en 1671 — et ces remaniements étaient connus depuis longtemps de toute l'Europe par la correspondance des réfugiés de Bruxelles.

Dieu des combats, le Dieu vengeur, et il ignore le pardon des offenses. Quel tragique saurait-on imaginer, qui fût plus profond, plus angoissant que celui du destin de ces hommes, voués par Dieu à l'éternel malheur pour que soit rendu possible le bonheur des Justes? Le tragique est bien sur la scène, où s'agitent des hommes qui essaient de survivre et d'autres qui espèrent ; mais dans l'âme du spectateur il doit faire naître l'angoisse : le Janséniste sait-il quel sera son destin « au-delà de l'éternité »?

CHRONOLOGIE

SCHÉMA DE LA TRAGÉDIE

ACTE I SC. I (18 h)		Esther retrouve Élise, son amie d'enfance ; elle lui raconte en quelles circonstances elle est devenue reine de Perse et lui décrit sa vie toute fidèle à la Loi.	**Exposition**
	2	Elle lui présente les jeunes filles du Chœur, qui chantent les tristesses de la captivité d'Israël.	
(19 h 30)	3	Mardochée annonce l'extermination des Juifs, obtenue par Aman ; il décide Esther à aller demander au Roi leur grâce ; elle promet de s'y rendre,	**Nœud**
	4	et demande à Dieu son aide.	**Première phase**
	5	*Le Chœur chante sa douleur et demande à Dieu le salut des innocents et le châtiment*	
(20 h)		*des impies.*	
ACTE II SC. I (8 h)		Hydaspe raconte à Aman que le Roi a passé une nuit fort agitée ; Aman lui dit la souffrance que lui cause l'attitude de Mardochée : c'est pour en tirer une vengeance éclatante qu'il a préparé l'extermination des Juifs.	
	2	Assuérus entre, congédie sa suite,	
	3	s'entretient avec Asaph de l'attentat auquel il a échappé grâce à Mardochée, lequel n'a pas été récompensé.	**Péripétie**
	4	Il fait appeler Aman,	
	5	et lui demande comment récompenser un service exceptionnel ; il ordonne à Aman de rendre à Mardochée les honneurs proposés par lui.	**L'action est suspendue.**
	6	Mais il perdra cependant les Juifs.	
(9 h 30)	7	Esther entre et prie le Roi de venir (avec Aman) dîner à sa table : elle a une grâce à lui demander.	**Deuxième phase**
	8	*Le Chœur déplore l'idolâtrie du Roi, le bonheur des impies, et exalte la paix des serviteurs de Dieu.*	
ACTE III SC. I (18 h)		Aman se croit perdu ; Zarès tente de le calmer et lui conseille la fuite.	
	2	Hydaspe appelle Aman au festin et lui dit que sa position est plus ferme que jamais.	**L'action est suspendue.**

40

3 Horreur du Chœur à la vue d'Aman ; chant
pour les convives : bonheur du peuple sous
un roi juste.

(19 h) 4 Entrée des convives ; Esther révèle sa naissance et le complot contre les Juifs dont
toute l'histoire révèle qu'ils sont innocents.
Le Roi sort pour réfléchir.

5 Aman demande en vain sa grâce à Esther.

6 Le Roi entre et ordonne de pendre Aman,

7 élève Mardochée à sa place et libère les
Juifs.

8 Aman est mort ; son édit est révoqué.

(20 h) 9 *Le Chœur chante sa joie et remercie Dieu
qui a sauvé son peuple.*

Troisième phase

L'action
est suspendue.

Dénouement

PRÉFACE

[1] La célèbre maison de Saint-Cyr ayant été principalement établie pour élever dans la piété un fort grand nombre [1] de jeunes demoiselles [2] rassemblées de tous les endroits [3] du royaume, on [4] n'y a rien oublié de tout ce qui pouvait contribuer à les rendre capables de servir Dieu dans les différents états [5] où il lui plaira de les appeler. Mais en leur montrant[6] les choses essentielles et nécessaires, on ne néglige pas de leur apprendre celles qui peuvent servir à leur polir [7] l'esprit et à leur former le jugement. On a imaginé pour cela plusieurs moyens, qui, sans les détourner de leur travail et leurs exercices ordinaires, les instruisent en les divertissant [8]. On leur [9] met, [10] pour ainsi dire, à profit leurs heures de récréation. On leur fait faire entre elles, sur leurs principaux devoirs, des conversations ingénieuses, qu'on leur a composées [10] exprès, ou qu'elles-mêmes composent sur-le-champ. On les fait parler sur les histoires qu'on leur a lues, ou sur les importantes vérités qu'on leur a enseignées. On leur fait réciter par cœur et déclamer les plus beaux endroits [11] des meilleurs poètes. Et cela leur sert surtout à les défaire [12] de quantité de mauvaises prononciations qu'elles pourraient avoir apportées de leurs provinces. On a soin aussi de faire apprendre à chanter à celles qui ont de la voix, et on ne leur laisse pas perdre un talent qui les peut amuser innocemment et qu'elles peuvent employer un jour à chanter les louanges [20] de Dieu.

Mais la plupart des plus excellents [13] vers de notre langue ayant été composés sur des matières fort profanes, et nos plus beaux airs étant sur des paroles extrêmement molles et efféminées, capables de faire des impressions dangereuses sur de jeunes esprits, les personnes illustres qui ont bien voulu prendre la principale direction de cette maison ont souhaité qu'il y eût quelque ouvrage

---

1. La Maison de Saint-Louis comptait 250 élèves. Il est juste de dire que ce qui faisait sa célébrité était surtout la part que Mme de Maintenon avait prise à sa fondation et qu'elle prenait à sa direction. — 2. « Femme ou fille d'un gentilhomme, qui est de noble extraction » (*Dict.* de Furetière, 1690). — 3. « Partie » (*Dict.* de Richelet, 1680). — 4. Dans le premier paragraphe, le pronom *on* est une façon discrète de parler de Mme de Maintenon. — 5. « La condition d'une personne » (*Dict. de l'Acad.*, 1694). — 6. « Signifie aussi *enseigner* » (Furetière). — 7. Sens latin : affiner, cultiver. — 8. *Divertir* : « Détourner, distraire » (*Dict. de l'Acad.*, 1694); détourner des préoccupations ordinaires. — 9. Construction essentiellement latine : double datif. — 10. Les dialogues de ce genre étaient à la mode : Mme de Maintenon en avait composé pour Saint-Cyr, et Fénelon écrira, pour le duc de Bourgogne, les *Dialogues des Morts* qui sont bien moins proches de ceux de Lucien que des *conversations* édifiantes dont parle ici Racine. — 11. Les « parties » de leur œuvre; dans les références, l'expression latine *loco citato* atteste encore ce sens de : endroit. — 12. Débarrasser de quelque chose qui est à charge. — 13. « Qui est de plus grande valeur que les autres choses de même espèce [...] Aristote est le plus excellent philosophe des Anciens » (Furetière) : *excellent* n'a donc pas encore le sens de superlatif qu'il a pris de nos jours.

qui, sans avoir tous ces défauts [1], pût produire une partie de ces bons effets [2]. Elles me firent l'honneur de me communiquer leur dessein, et même de me demander si je ne pourrais pas faire, sur quelque sujet de piété et de morale, une espèce de poème où le chant fût mêlé avec le récit, le tout lié par une 30 action qui rendît la chose [3] plus vive et moins capable d'ennuyer.

Je leur proposai le sujet d'Esther, qui les frappa [4] d'abord, cette histoire leur paraissant pleine de grandes leçons d'amour de Dieu, et de détachement du monde [5] au milieu du monde même. Et je crus de mon côté que je trouverais assez de facilité à traiter ce sujet ; d'autant plus qu'il me sembla que, sans altérer aucune des circonstances tant soit peu considérables [6] de l'Écriture Sainte, ce qui serait, à mon avis, une espèce de sacrilège, je pourrais remplir toute mon action avec les seules scènes que Dieu lui-même, pour ainsi dire, a préparées [7].

J'entrepris donc la chose [8], et je m'aperçus qu'en travaillant sur le plan [9] 40 qu'on m'avait donné, j'exécutais en quelque sorte un dessein qui m'avait souvent passé dans l'esprit, qui était de lier, comme dans les anciennes tragédies grecques, le chœur et le chant avec l'action, et d'employer à chanter les louanges du vrai Dieu cette partie du chœur que les païens employaient à chanter les louanges de leurs fausses divinités.

A vrai dire, je ne pensais guère que la chose [10] dût être aussi publique qu'elle l'a été. Mais les grandes vérités de l'Écriture, et la manière sublime dont elles y sont énoncées, pour peu qu'on les présente, même imparfaitement, aux yeux des hommes, sont si propres [11] à les frapper ; et d'ailleurs ces jeunes demoiselles ont déclamé et chanté cet ouvrage avec tant de grâce [12], tant de modes- 50 tie [13], et tant de piété, qu'il n'a pas été possible qu'il demeurât renfermé dans le secret de leur maison. De sorte qu'un divertissement d'enfants est devenu le sujet de l'empressement de toute la cour ; le Roi lui-même, qui en avait été touché [14], n'ayant pu refuser à tout ce qu'il y a de plus grands seigneurs de les y mener, et ayant eu la satisfaction de voir, par le plaisir qu'ils y ont pris, qu'on se peut aussi bien divertir aux choses de piété qu'à tous les spectacles profanes.

Au reste, quoique j'aie évité soigneusement de mêler le profane avec le sacré,

---

1. Absence de quelque chose » (*Dict. de l'Acad.*, 1694); en ce sens, nous dirions de nos jours : ces insuffisances, le sens actuel de *défaut* (mauvaise qualité) étant plutôt rendu par *vice*. — 2. « Exécution de quelque chose » (*Acad.*, 1694). — 3. « Se dit aussi de tout ce qui n'a point de nom » (*Dict.* de Furetière, 1690). Ce terme est donc bien à propos ici, puisqu'il s'applique à *une espèce de poème*. — 4. Fit une impression vive et soudaine. Il n'est pas interdit de penser que, si Racine proposa le *sujet d'Esther*, c'est un peu parce que le volume de la *Bible* de Saci, qui renferme le *Livre d'Esther*, venait de paraître (achevé d'imprimer du 31 août 1688). — 5. Les affaires humaines, par opposition à la religion. — 6. « Qui doit être considéré » (*Acad.*, 1694). — 7. L'action divine s'étant manifestée à deux stades : dans la conduite des événements et dans l'inspiration du Livre Saint qui les rapporte. — 8. La composition d'*Esther*. — 9. Ce *plan* est exposé aux lignes 28 à 30. — 10. Il s'agit à nouveau de la pièce. — 11. A rattacher à *qu'il n'a pas été possible* (l. 50). — 12. Disposition à être agréable. — 13. « Modération, retenue [...] dans tout ce qui paraît au dehors » (Furetière). — 14. Au *sens moral* : atteint profondément, ému; voir *le Cid*, v. 875.

j'ai cru néanmoins que je pouvais emprunter deux ou trois traits [1] d'Hérodote, pour mieux peindre **Assuérus**. Car j'ai suivi le sentiment [2] de plusieurs
[60] savants interprètes [3] de l'Écriture, qui tiennent que ce roi est le même que le fameux Darius, fils d'Hystaspe, dont parle cet historien. En effet, ils en [4] rapportent quantité de preuves, dont quelques-unes me paraissent des démonstrations. Mais je n'ai pas jugé à propos de croire ce même Hérodote sur sa parole, lorsqu'il dit que les Perses n'élevaient ni temples, ni autels, ni statues à leurs dieux, et qu'ils ne se servaient point de libations dans leurs sacrifices. Son témoignage est expressément détruit par l'Écriture [5], aussi bien que par Xénophon, beaucoup mieux instruit que lui [6] des mœurs et des affaires de la Perse, et enfin par Quinte-Curce.

On peut dire que **l'unité de lieu** est observée dans cette pièce, en ce que
[70] toute l'action se passe dans le palais d'Assuérus. Cependant, comme on voulait rendre ce divertissement plus agréable à des enfants, en jetant quelque variété dans les décorations [7], cela a été cause que je n'ai pas gardé cette unité avec la même rigueur que j'ai fait autrefois dans mes tragédies.

Je crois qu'il est bon d'avertir ici que bien qu'il y ait dans *Esther* des personnages d'hommes, ces personnages n'ont pas laissé d'être représentés par des filles avec toute la bienséance de leur sexe [8]. La chose leur a été d'autant plus aisée, qu'anciennement les habits des Persans et des Juifs étaient de longues robes qui tombaient jusqu'à terre.

Je ne puis me résoudre à finir cette préface sans rendre à **celui qui a fait**
[80] **la musique** la justice qui lui est due, et sans confesser [9] franchement que ses chants ont fait un des plus grands agréments de la pièce. Tous les connaisseurs demeurent d'accord que depuis longtemps on n'a point entendu d'airs plus touchants ni plus convenables [10] aux paroles. Quelques personnes ont trouvé la musique du dernier chœur un peu longue, quoique très belle. Mais qu'aurait-on dit de ces jeunes Israélites qui avaient tant fait de vœux à Dieu pour être délivrées de l'horrible péril où elles étaient, si ce péril étant passé, elles lui en avaient rendu de médiocres actions de grâces ? Elles auraient directement péché contre la louable coutume de leur nation, où l'on ne recevait de Dieu aucun bienfait signalé, qu'on [11] ne l'en remerciât sur-le-
[90] champ par de fort longs cantiques : témoins ceux de Marie, sœur de Moïse [12], de Débora [13] et de Judith [14], et tant d'autres dont l'Écriture est pleine. On dit

---

1. Métaphore empruntée à la technique du dessin. — 12. « Avis, opinion » (*Dict.* de Richelet, 1680). — 3. Il s'agit essentiellement de Lemaistre de Sacy : voir p. 31. — 4. De cette identification. — 5. Il y a en effet désaccord entre Hérodote (Livre I, ch. 101) et le *Livre d'Esther* (XIV, 17) : « Je n'ai point bu de vin offert sur l'autel des idoles ». — 6. L'opinion de Racine est certainement discutable : la critique moderne a reconnu le sérieux de l'information d'Hérodote. Mais il ne faut pas oublier que, dans l'empire perse, étaient pratiquées beaucoup de religions. — 7. « On le dit particulièrement de la scène des théâtres » (*Dict.* de Furetière, 1690). — 8. Il était indécent, pour une femme, de porter le costume masculin : ce fut un des griefs retenus contre Jeanne d'Arc. — 9. Déclarer publiquement et spontanément. — 10. Convenir c'est « être conforme, avoir du rapport » (*Dict. de l'Acad.*, 1694). — 11. *Que* marquant l'exclusion (à moins que, sans que) était, au XVIIe s., d'un emploi moins limité que de nos jours. — 12. *Exode*, XV, 20-21. — 13. *Juges*, V — 14. *Judith*, XVI.

même que les Juifs, encore aujourd'hui, célèbrent par de grandes actions de grâces le jour [1] où leurs ancêtres furent délivrés par Esther de la cruauté d'Aman.

---

1. Il s'agit de la fête de Pourim, instituée par Mardochée (*Esther*, IX, 21-22) « le quatorzième et le quinzième jour du mois d'Adar » (28 février).

■■

● **Les grandes lignes** — Le plan est net : *a*) les circonstances de la composition d'*Esther* ; *b*) les représentations ; *c*) réponse à quelques critiques. C'est la démarche ordinaire de Racine dans ses préfaces.

● **Le ton** diffère nettement de celui des autres préfaces : aucune attaque contre qui que ce soit : le triomphe d'*Esther* a été complet, aussi Racine peut-il se permettre d'être serein, pour une fois. Il peut même être humble, et c'est encore plus extraordinaire ; mais il ne s'humilie que devant Mme de Maintenon, le Roi — et Dieu lui-même.

① **Racine et la Bible** — Respect et fidélité au texte sacré sont ici affirmés : c'est un des points sur lesquels devra porter l'étude du texte de la tragédie ; demandez-vous si cette fidélité fut, pour Racine, une contrainte ou une source d'enrichissement, tant sur le plan de la conduite de l'action que sur celui de l'expression poétique.

② **Racine et le théâtre profane** — Racine semble bien ici brûler ce qu'il a adoré ; mais est-ce bien une condamnation véritable du théâtre? Ne devons-nous pas plutôt, en entendant exactement le terme *défauts* (1. 26), comprendre que le théâtre profane ne convenait pas aux « demoiselles » de Saint-Cyr?

③ **L'unité de lieu** — Racine se défend de l'avoir violée, mais avec moins de conviction que Corneille en de semblables occasions ; n'aurait-il pas été plus simple de dire que l'action d'*Esther* aurait perdu tout naturel à se dérouler dans une salle unique?

● **Le chœur et la tragédie grecque** — *Cette partie du chœur* (1. 43) : certains pensent qu'il s'agit d'un chant précis du chœur tragique ; ce n'est pas impossible, mais on ne voit pas qu'il y ait eu semblable spécialisation chez les tragiques grecs ; il est plus simple de voir, dans cette expression, une apposition introduite par *de*, dont la forme s'est maintenue dans des formules comme : votre brave homme *de* père.

■■

LES PERSONNAGES

ASSUÉRUS, roi de Perse.

ESTHER, reine de Perse.

MARDOCHÉE, oncle d'Esther.

AMAN, favori d'Assuérus.

ZARÈS, femme d'Aman.

HYDASPE, officier du palais intérieur d'Assuérus.

ASAPH, autre officier d'Assuérus.

ÉLISE, confidente d'Esther.

THAMAR, Israélite de la suite d'Esther.

Gardes du roi Assuérus.

Chœur des jeunes filles israélites.

La scène est à Suse, dans le palais d'Assuérus.

LES ACTEURS. Voici ce que l'on sait de la distribution lors de la création :

Assuérus, Mlle de LASTIC : « belle comme le jour », dit Mme de Maintenon.

Esther, Mlle de VEILHENNE : 15 ans.

Mardochée, Mlle de GLAPION : 15 ans ; « un Mardochée dont la voix va jusqu'au cœur », disait Racine.

Aman, Mlle d'ABANCOURT.

Zarès, Mlle de MARSILLY.

Hydaspe, Mlle de MORNAY.

Élise, Mlle de MAISONFORT.

La Piété, Mme de CAYLUS : elle « surpassait les plus fameuses actrices à jouer des comédies », dit Saint-Simon.
Elle était capable de remplacer au pied-levé n'importe quelle actrice défaillante à Saint-Cyr.

LA MISE EN SCÈNE. « Mme de Maintenon fit faire des habits magnifiques à toutes les actrices, et un théâtre avec trois décorations convenables au sujet et au lieu, ce qui coûta plus de quinze mille livres » (*Mémoires* de Manseau). La somme indiquée équivaut à plus de 200 000 francs
Les décors étaient de Bérain, décorateur des spectacles de la Cour.
Les actrices portaient des « robes à la persane », enrichies de perles et de diamants.
Les musiciens du roi accompagnaient le chœur qui comprenait 25 jeunes filles de Saint-Cyr. Nivers, l'organiste de la maison, tenait le clavecin.

ESTHER

TRAGÉDIE TIRÉE DE L'ÉCRITURE SAINTE
REPRÉSENTÉE POUR LA PREMIÈRE FOIS
LE 26 JANVIER 1689 A SAINT-CYR

PROLOGUE

LA PIÉTÉ [1]

Du séjour bienheureux de la Divinité
Je descends dans ce lieu, par la Grâce [2] habité.
L'Innocence s'y plaît, ma compagne éternelle [3],
Et n'a point sous les cieux d'asile plus fidèle [4].
Ici, loin du tumulte [5], aux devoirs les plus saints
Tout un peuple naissant est formé par mes mains.
Je nourris dans son cœur la semence féconde
Des vertus dont il doit sanctifier le monde [6].
Un Roi qui me protège, un roi victorieux
10 A commis à mes soins ce dépôt précieux.
C'est lui qui rassembla ces colombes [7] timides [8],
Éparses en cent lieux, sans secours et sans guides.
Pour elles à sa porte élevant ce palais,
Il leur y fit trouver l'abondance et la paix [9].
Grand Dieu, que cet ouvrage ait place en ta mémoire !
Que tous les soins qu'il prend pour soutenir ta gloire
Soient gravés de ta main au livre où sont écrits
Les noms prédestinés des rois que tu chéris [10] !
Tu m'écoutes. Ma voix ne t'est point étrangère [11].
20 Je suis la Piété, cette fille si chère,
Qui t'offre de ce Roi les plus tendres soupirs [12].
Du feu de ton amour j'allume ses désirs.
Du zèle [13] qui pour toi l'enflamme et le dévore
La chaleur se répand du couchant à l'aurore [14].
Tu le vois tous les jours, devant toi prosterné,
Humilier ce front de splendeur couronné.

---

1. Sentiment religieux vif et sincère, fait de respect et d'amour de Dieu. — 2. Au sens théologique, secours surnaturel que Dieu donne aux hommes pour les aider à faire leur salut ; c'est sur le problème de la grâce qu'a porté toute la querelle du jansénisme. — 3. Le second hémistiche est un peu une cheville. — 4. Sûr. — 5. Agitation du monde : voir p. 43, n. 5. — 6. En fondant Saint-Cyr, Mme de Maintenon se proposait de former une noblesse pieuse et cultivée qui régénérerait le royaume. — 7. Image traditionnelle. — 8. « Peureux, qui craint tout » (Dict. de Furetière, 1690). A ici un sens moral. — 9. Saint-Cyr leur offre le confort matériel et moral, indispensable à l'exercice de la vertu. — 10. Vers étonnamment janséniste. — 11. Encore une cheville. — 12. Expression de l'amour de Dieu ; il est vrai que Louis XIV, désormais, n'aime plus que Dieu. — 13. Amour fervent de Dieu. — 14. Louis XIV soutenait les missions en Orient et en Amérique ; mais c'était bien un peu aussi par politique.

Et confondant l'orgueil par d'augustes [1] exemples,
Baiser avec respect le pavé [2] de tes temples.
De ta gloire animé, lui seul, de tant de rois,
30 S'arme pour ta querelle [3] et combat pour tes droits.
Le perfide Intérêt, l'aveugle Jalousie
S'unissent contre toi pour l'affreuse [4] hérésie ;
La Discorde en fureur frémit de toutes parts ;
Tout semble abandonner tes sacrés [5] étendards ;
Et l'enfer, couvrant tout de ses vapeurs funèbres,
Sur les yeux les plus saints a jeté les ténèbres.
Lui seul, invariable et fondé [6] sur la foi,
Ne cherche, ne regarde et n'écoute que toi ;
Et bravant du démon l'impuissant artifice [7],
40 De la religion soutient tout l'édifice.
Grand Dieu, juge ta cause, et déploie [8] aujourd'hui
Ce bras, ce même bras qui combattait pour lui,
Lorsque des nations à sa perte animées
Le Rhin vit tant de fois disperser les armées.
Des mêmes ennemis je reconnais l'orgueil ;
Ils viennent se briser contre le même écueil.
Déjà, rompant partout leurs plus fermes barrières,
Du débris de leurs forts il couvre ses frontières.
Tu lui donnes un fils prompt à le seconder [9],
50 Qui sait combattre, plaire, obéir, commander ;
Un fils qui, comme lui suivi de la Victoire,
Semble à gagner son cœur borner toute sa gloire ;
Un fils à tous ses vœux avec amour soumis,
L'éternel désespoir de tous ses ennemis.
Pareil à ces esprits que ta Justice envoie,
Quand son Roi lui dit : « Pars », il s'élance avec joie,
Du tonnerre vengeur s'en va tout embraser,
Et tranquille à ses pieds revient le déposer.
Mais tandis qu'un grand Roi venge ainsi mes injures [10],
60 Vous, qui goûtez ici des délices [11] si pures,
S'il permet à son cœur un moment de repos,

---

1. Qui commandent le respect. — 2. L'emploi de ce terme, d'un niveau stylistique assez bas, est destiné à accentuer l'humilité du roi en présence de Dieu. — 3. « Se dit aussi de l'intérêt d'autrui quand on en prend la défense. » (*Dict.* de Furetière, 1690). — 4. « Qui épouvante » (*Dict.* de Richelet, 1680) ; mais le mot signifie aussi : extrêmement laid. — 5. La langue classique place souvent devant le nom des adjectifs épithètes que nous placerions après lui ; c'est un reste de l'usage latin. — 6. Appuyé inébranlablement, comme un édifice sur ses fondations. — 7. « Se prend plus ordinairement pour ruse, déguisement, fraude » (*Dict. de l'Acad.*, 1694). — 8. « N'a guère d'usage au propre qu'au participe en parlant d'enseignes, d'étendards » (*Acad.*, 1694). Il n'est pas impossible que le bras de Dieu soit surtout considéré comme l'étendard qui va galvaniser les forces de la chrétienté. — 9. Le Grand Dauphin, âgé de 28 ans, savait surtout *obéir*. — 10. « Offense volontaire que l'on fait à quelqu'un contre la défense de la loi » (Richelet) ; on notera le sens du possessif : les injures que je subis. — 11. Plaisirs fins, exquis.

A vos jeux innocents appelez ce héros [1].
Retracez-lui d'Esther l'histoire glorieuse,
Et sur l'impiété la foi victorieuse [2].
Et vous, qui vous plaisez aux folles passions
Qu'allument dans vos cœurs les vaines fictions,
Profanes [3] amateurs de spectacles frivoles,
Dont l'oreille s'ennuie au son [4] de mes paroles,
Fuyez de mes plaisirs la sainte austérité.
[70] Tout respire ici Dieu, la paix, la vérité.

---

1. « Homme d'une rare valeur ou d'un rare mérite, [...] qui mérite d'être proposé en exemple » (*Dict.* de Richelet, 1680). — 2. La victoire de la foi : latinisme qui a le mérite d'insister sur le mot essentiel, *foi*. — 3. Sacrilèges. — 4. Complément d'agent introduit par la préposition *à*.

━━

● **Le prologue** — « Tous les rôles de cette pièce étaient distribués aux demoiselles de Saint-Cyr, lorsque la jeune Mme de Caylus, qui avait été élevée dans cette maison, et n'en était sortie que depuis peu de temps, témoigna une grande envie de faire quelque personnage : ce qui engagea l'auteur à faire pour elle ce prologue très heureusement imaginé. Il ne ressemble point à ces prologues d'Euripide, où tout ce qui doit arriver dans la pièce est froidement annoncé. C'est un cadre où Racine a su renfermer délicatement les plus magnifiques éloges du roi, de Mme de Maintenon et de la communauté de Saint-Cyr » (Louis Racine).

① Cependant, dans quelle mesure peut-on dire que ce prologue n'est pas « froid » ? qu'il se rattache à la tragédie d'*Esther* par autre chose que le nom de l'héroïne (citée au vers 63)?

● **L'actualité** (vers 29 à 48). La Piété fait allusion à la guerre dite de la Ligue d'Augsbourg. Tous les grands États de l'Europe s'étaient alors ligués contre Louis XIV, à l'instigation de Guillaume d'Orange qui désirait occuper assez le roi de France sur le continent pour qu'il ne contrariât pas ses projets sur l'Angleterre ; la révocation de l'Édit de Nantes y fit entrer les princes protestants d'Allemagne ; l'Autriche et l'Espagne y adhérèrent par animosité politique ; quant au pape Innocent XI, il soutint la ligue en sous-main pour humilier Louis XIV et mettre fin au gallicanisme de l'Église de France. La guerre éclata en 1688 : à l'époque d'*Esther*, elle avait été marquée essentiellement par la mise à sac du Palatinat, opération dont il n'y a pas lieu de féliciter Louis XIV ; la campagne du Rhin à laquelle avait participé le Dauphin avait été assez peu spectaculaire.

● **Textes** — Dans cette rubrique, nous marquerons du sigle (T) les textes mentionnés comme sources de la pièce par l'*Esther* de Toulouse (voir p. 29).
(T) vers 23 : *Le zèle de la gloire de votre maison m'a dévoré* (Psaume 68, 10).
(T) vers 41 : *Levez-vous, ô Dieu ! jugez votre cause* (Psaume 73, 23).
(T) vers 55-56 : *Il envoie sa parole à la terre, et cette parole est portée partout avec une extrême vitesse.* (Psaume 147, 15).

━━

VUE DU PAYSAGE ET DE LA MAISON ROYALLE DE S.T CIR

Cette Maison a été fondée en 1686 par Louis XIV :lle est composée de 50 Dames Professes et de 36 Converses. L'objet de la fondation est l'Éducation et l'Établissement de 250 Demoiselles faisant Preuve de Noblesse.

ACTE PREMIER

(*Le théâtre représente l'appartement d'Esther.*)

SCÈNE PREMIÈRE. — ESTHER, ÉLISE.

ESTHER. — Est-ce toi [1], chère Élise? O jour trois fois [2] heu-
[reux!
Que [3] béni soit le Ciel qui te rend à mes vœux [4],
Toi qui de Benjamin [5] comme moi descendue,
Fus de mes premiers ans la compagne assidue [6],
Et qui d'un même joug souffrant l'oppression,
M'aidais à soupirer [7] les malheurs de Sion [8]!
Combien ce temps encor est cher à ma mémoire!
Mais toi, de ton Esther ignorais-tu la gloire?
Depuis plus de six mois que je te fais chercher,
10 Quel climat [9], quel désert [10] a donc pu te cacher?

ÉLISE. — Au bruit de votre mort justement éplorée,
Du reste des humains je vivais séparée,
Et de mes tristes jours n'attendais que la fin,
Quand tout à coup, Madame, un prophète divin :
« C'est pleurer trop longtemps une mort qui
[t'abuse [11],
Lève-toi [12], m'a-t-il dit ; prends ton chemin [13] vers
[Suse.
Là tu verras d'Esther la pompe et les honneurs,
Et sur le trône assis le sujet de tes pleurs.
Rassure, ajouta-t-il, tes tribus alarmées,
20 Sion [14] : le jour approche où le Dieu des armées
Va de son bras puissant faire éclater l'appui ;
Et le cri de son peuple est monté jusqu'à lui. »

---

1. La tragédie racinienne commence le plus souvent par une question ou une réponse, ce qui donne l'illusion d'une conversation commencée depuis un certain temps. — 2. Formule biblique. — 3. Accentue, en le rendant plus solennel, le ton de cette sorte d'action de grâces. — 4. Souhaits formulés auprès de Dieu. — 5. Le douzième fils de Jacob. — 6. « Se dit de certaines choses pour en marquer la continuation » (*Dict. de l'Acad.*, 1694) : Esther et Élise ne se sont donc jamais quittées jusqu'au jour où elles furent séparées en des circonstances qui ne nous sont pas exposées. — 7. Déplorer, peut-être par des chants. — 8. Une des collines de Jérusalem, au sud-est de la ville, devenue le symbole de la ville elle-même et de tout le peuple juif au temps de la captivité. — 9. « Pays, contrée » (*Dict.* de Richelet, 1680). — 10. Ce mot n'a rien d'étrange dans la bouche d'une Israélite : les Juifs ont connu la vie dans les déserts. — 11. *Abus* « signifie aussi erreur » (*Acad.*, 1694). Le tour n'est cependant pas clair, car ce n'est pas la mort d'Esther qui *abuse* Élise, mais le fait qu'elle y croit. — 12. Formule biblique qui, même si elle ne s'entend pas au sens propre, signifie que l'homme doit sortir de son état actuel pour obéir aux ordres divins. — 13. Formule ample et solennelle. — 14. Rejet expressif.

Il dit. Et moi, de joie et d'horreur [1] pénétrée,
Je cours. De ce palais j'ai su trouver l'entrée.
O spectacle! O triomphe admirable à mes yeux,
Digne en effet du bras qui sauva nos aïeux!
Le fier [2] Assuérus couronne sa captive,
Et le Persan superbe est aux pieds d'une Juive.
Par quels secrets ressorts [3], par quel enchaînement
30 Le Ciel a-t-il conduit ce grand événement?

ESTHER. — Peut-être on t'a conté la fameuse [4] disgrâce
De l'altière Vasthi, dont j'occupe la place,
Lorsque le Roi, contre elle enflammé de dépit,
La chassa de son trône, ainsi que de son lit.
Mais il ne put sitôt en bannir la pensée.
Vasthi régna longtemps dans son âme offensée.
Dans ses nombreux États il fallut donc chercher
Quelque nouvel objet [5] qui l'en pût détacher.
De l'Inde à l'Hellespont ses esclaves coururent.
40 Les filles de l'Égypte à Suse comparurent.
Celles même du Parthe et du Scythe [6] indompté
Y briguèrent le sceptre offert à la beauté.
On m'élevait alors, solitaire et cachée,
Sous les yeux vigilants du sage Mardochée.
Tu sais combien je dois à ses heureux [7] secours.
La mort m'avait ravi les auteurs de mes jours [8].
Mais lui, voyant en moi la fille de son frère [9],
Me tint lieu, chère Élise [10], et de père et de mère.
Du triste état des Juifs [11] jour et nuit agité [12],
50 Il me tira du sein de mon obscurité [13];
Et sur mes faibles mains fondant [14] leur délivrance
Il me fit d'un empire accepter l'espérance.
A ses desseins secrets tremblante j'obéis.
Je vins [15]. Mais je cachai ma race et mon pays.
Qui pourrait cependant t'exprimer les cabales [16]
Que formait en ces lieux ce peuple de rivales,
Qui toutes, disputant [17] un si grand intérêt,

---

1. « Saisissement de crainte et de respect » (*Acad.*, 1694). — 2. « Cruel, barbare » (*Acad.*, 1694) : on ne s'attend donc pas à ce qu'il couronne une *captive*, les esclaves étant traités fort durement. — 3. « Moyens capables d'agir sur les hommes et les événements » : métaphore empruntée à la machinerie théâtrale et à l'horlogerie » (G. Gougenheim, 1956). — 4. Qui a une grande réputation. — 5. « Se dit aussi poétiquement des belles personnes qui donnent de l'amour » (*Dict.* de Furetière, 1690). — 6. Chez les Anciens, tous les habitants du nord du Pont-Euxin. — 7. Résultat d'une « bonne fortune » (= heur). — 8. Périphrase typique du style noble. — 9. Elle veut dire que Mardochée considéra qu'il était de son devoir d'élever *la fille de son frère*. — 10. Tendre rappel de leur enfance. — 11. Ici apparaît Mardochée, le profond penseur qui sait que les grands desseins sont lents à réaliser. — 12. Profondément troublé. — 13. Un de ces vers dont on se demande ce qu'il faut le plus admirer, l'image, le rythme ou les sonorités. — 14. Voir le *Prologue*, v. 37. — 15. Rejet qui marque une obéissance totale. — 16. Coalitions d'intérêts : « se prend ordinairement en mauvaise part » (Furetière). — 17. Contrairement à l'usage du temps, le mot a ici un sens défavorable.

Des yeux d'Assuérus attendaient leur arrêt ?
Chacune avait sa brigue [1] et de puissants suffrages :
60 L'une d'un sang fameux [2] vantait les avantages ;
L'autre, pour se parer de superbes atours,
Des plus adroites mains empruntait le secours.
Et moi, pour toute brigue [3] et pour tout artifice [4],
De mes larmes [5] au Ciel [6] j'offrais le sacrifice.
    Enfin on m'annonça l'ordre d'Assuérus.
Devant ce fier monarque, Élise, je parus [7].
Dieu tient le cœur des rois entre ses mains puis-
                       [santes ;
Il fait que tout prospère aux âmes innocentes,
Tandis qu'en ces projets l'orgueilleux est trompé.

---

1. « Parti, cabale » (*Dict. de l'Acad.*, 1694). — 2. Voir le v. 31. — 3. Reprise du terme employé au v. 59. — 4. Reprise de l'idée des v. 60-62. — 5. S'oppose à *artifice*. — 6. S'oppose à *brigue*. — 7. Coupe expressive (6 + 2 + 4) destinée à retarder le plus possible *je parus* : Esther en frémit encore.

- **L'exposition** — On ne nous dit pratiquement rien sur le temps et le lieu, si ce n'est que nous sommes dans le palais du roi de Perse, à l'époque où règne Assuérus.

- **Les personnages** nous sont présentés rapidement et à grands traits : ESTHER est reine, fidèle à la Loi et pieusement soumise à Mardochée. ÉLISE est son amie et partage sa foi. MARDOCHÉE est un croyant lucide et un profond penseur qui sait prévoir les événements et apporter sa contribution à l'action de Dieu. ASSUÉRUS est le Grand Roi, cruel et puissant, dont les caprices peuvent être terribles.

- **L'action** — *a)* Le rappel du passé : le contexte historique est situé dans la perspective de la captivité d'Israël ; l'élévation d'Esther y est un événement considérable. *b)* Ce que l'on peut entrevoir de l'avenir : l'arrivée miraculeuse d'Élise fait prévoir que Dieu a des desseins secrets, que la sagesse et la piété de Mardochée ont peut-être pénétrés.

- **Textes**
(T) V. 20-21 : *Vous vous lèverez, et vous aurez pitié de Sion ; parce que le temps est venu, le temps d'avoir pitié d'elle* (Ps. 101, 14). — V. 46-48 : *Mardochée avait élevé auprès de lui la fille de son frère, nommé Édisse, qui s'appelait autrement Esther. Elle avait perdu son père et sa mère : elle était parfaitement belle, et il paraissait une grâce extraordinaire sur son visage. Son père et sa mère étant morts, Mardochée l'avait adoptée pour être sa fille* (Esther, 2, 7). — V. 52-54 : *Esther ne voulut point lui dire de quel pays et de quelle nation elle était, parce que Mardochée lui avait ordonné de tenir cela très secret* (Esth. 2, 10). — V. 67 : *Le cœur du roi est dans la main du Seigneur comme une eau courante : il le fait tourner en quelque endroit qu'il veut* (Proverbes, 21, 1).

70 De mes faibles attraits [1] le Roi parut frappé [2].
Il m'observa longtemps dans un sombre [3] silence ;
Et le Ciel, qui pour moi fit pencher la balance,
Dans ce temps-là sans doute agissait sur son cœur.
Enfin avec des yeux où règnait la douceur [4] :
« Soyez reine », dit-il ; et, dès ce moment même,
De sa main sur mon front posa son diadème [5].
Pour mieux faire éclater sa joie et son amour,
Il combla de présents tous les grands de sa cour ;
Et même ses bienfaits, dans toutes ses provinces,
80 Invitèrent le peuple aux noces de leurs princes,
        Hélas ! durant ces jours de joie et de festins,
Quelle était en secret ma honte et [6] mes chagrins !
« Esther, disais-je, Esther dans la pourpre [7] est
                                            [assise ;
La moitié de la terre [8] à son sceptre est soumise ;
Et de Jérusalem l'herbe cache les murs [9] !
Sion, repaire affreux de reptiles impurs [10],
Voit de son temple saint les pierres dispersées,
Et du Dieu d'Israël les fêtes sont cessées [11] !

ÉLISE.   — N'avez-vous point au Roi confié vos ennuis [12] ?

ESTHER.   90 Le Roi, jusqu'à ce jour, ignore qui je suis.
Celui par qui le Ciel règle ma destinée
Sur ce secret encor tient ma langue enchaînée.

ÉLISE.   — Mardochée ? Hé ! peut-il approcher de ces lieux ?

ESTHER.   — Son amitié [13] pour moi le rend ingénieux.
Absent, je le consulte ; et ses réponses sages
Pour venir jusqu'à moi trouvent mille passages.
Un père a moins de soin du salut de son fils.
Déjà même, déjà par ses secrets avis
J'ai découvert au Roi les sanglantes pratiques
100 Que formaient contre lui deux ingrats domestiques.
Cependant mon amour pour notre nation

---

1. « Ce qui attire par quelque chose d'agréable [...] se dit plus ordinairement en parlant de la beauté » (*Dict. de l'Acad.*, 1694). — 2. Voir la *Préface*, l. 31. — 3. Épithète originale et expressive. — 4. S'oppose à *fier monarque* (v. 66). — 5. « Bandeau royal qui ceint le front et était la marque de la Royauté parmi les anciens » (*Acad.*, 1694). Mais, chez les Perses, les rois portaient la *tiare* (« espèce de coiffure en forme de bonnet », *Acad.* 1694). — 6. Valeur forte : ainsi que ; *quelle* ne s'accorde qu'avec *honte*. — 7. « Se prend aussi pour la dignité royale dont elle était autrefois la marque » (*Acad.*, 1694). — 8. L'immensité de l'empire de Cyrus pouvait justifier cette expression. — 9. Ils avaient été rasés par Nabuzardan (*Rois*, IV, 25, 10). — 10. Les *reptiles*, animaux sans pattes ni ailes, ont passé dans tout l'Orient ancien pour des animaux *impurs*. — 11. Dans la langue classique, certains verbes conjugués avec *être* marquent le résultat de l'action ; avec *avoir*, ils marquent l'action elle-même. — 12. « Chagrin, souci » (*Acad.*, 1694), mais avec un sens fort. — 13. « Affection mutuelle [...] entre deux personnes à peu près d'égale condition » (*Acad.*, 1694).

A rempli ce palais de filles de Sion,
Jeunes et tendres fleurs, par le sort agitées,
Sous un ciel étranger comme moi transplantées.
Dans un lieu séparé de profanes témoins,
Je mets à les former mon étude [1] et mes soins ;
Et c'est là que fuyant l'orgueil du diadème,
Lasse de vains honneurs, et me cherchant moi-
[même,
Aux pieds de l'Éternel je viens m'humilier,
110 Et goûter le plaisir de me faire oublier.
Mais à tous les Persans je cache leurs familles.
Il faut les appeler. Venez, venez mes filles,
Compagnes autrefois de ma captivité,
De l'antique Jacob jeune postérité [2].

1. « Application d'esprit (*Dict. de l'Acad.*, 1694). — 2. Adaptation du premier vers de l'*Œdipe-Roi* de Sophocle : « Enfants, de l'antique Cadmos *jeune postérité* ».

⬤ **Les caractères** — Celui d'ESTHER se précise : en elle apparaissent modestie, timidité, douceur affectueuse, foi ardente, amour passionné de son pays et de son peuple. MARDOCHÉE apparaît de plus en plus comme un profond politique qui sait utiliser les secrets qu'il découvre.

⬤ **Les événements** — Un fait considérable : la découverte du complot annoncée au roi par Esther, au nom de Mardochée. Esther en sent tout le prix. Mais on ne s'explique pas comment elle a pu dire au roi qu'elle tenait ses informations de Mardochée sans dire qu'elle était Juive.

⬤ **L'art de plaire** — Le « roman » d'Esther apparaît comme l'histoire de la bergère qui épouse le roi : c'est un conte de fées ; qui plus est, un conte pieux, à l'usage des jeunes « demoiselles » de Saint-Cyr.

① Retrouvez le plan du récit d'Esther, montrez-en la netteté.

⬤ **Textes**
Louis Racine : « Ces quatre vers (106-110) sont conformes à ce que l'Écriture Sainte rapporte d'Esther. On croyait cependant que le poète y avait voulu peindre Mme de Maintenon. »
② Montrez que les sentiments exprimés sont plus chrétiens que bibliques ; les préoccupations éducatives d'Esther n'apparaissent d'ailleurs pas dans la Bible.
(T) V. 70 : *Car elle était très belle, et ses attraits incroyables charmaient et ravissaient tous ceux qui la voyaient. [...] Et le roi l'aima plus que toutes ses autres femmes et elle s'acquit dans son cœur et dans son esprit une considération plus grande que toutes les autres. Il lui mit sur la tête le diadème royal, et il la fit reine à la place de Vasthi* (Esth., 2, 15-17). —
V. 87 : *Comment les pierres du sanctuaire ont-elles été dispersées aux coins de toutes les rues ?* (Lamentations de Jérémie, 4, 1).

SCÈNE II. — ESTHER, ÉLISE, LE CHŒUR.

UNE ISRAÉLITE, chante derrière le théâtre.

—   *Ma sœur, quelle voix nous appelle ?*

UNE AUTRE. —   *J'en reconnais les agréables sons.*
     C'est la Reine.

TOUTES DEUX. —   *Courons, mes sœurs, obéissons.*
        La Reine nous appelle :
    Allons, rangeons-nous auprès d'elle [1].

TOUT LE CHŒUR, entrant sur la scène par plusieurs endroits différents.

— 120   *La Reine nous appelle :*
    Allons, rangeons-nous auprès d'elle.

ÉLISE.   — *Ciel ! quel nombreux essaim d'innocentes* [2] *beautés*
S'offre à mes yeux en foule et sort de tous côtés !
Quelle aimable pudeur [3] *sur leur visage est peinte !*
Prospérez, cher espoir d'une nation sainte :
Puissent jusques au Ciel vos soupirs [4] *innocents*
Monter comme l'odeur d'un agréable encens !
Que Dieu jette sur vous des regards pacifiques [5] *!*

ESTHER.   — *Mes filles, chantez-nous quelqu'un de ces cantiques*
130 *Où vos voix si souvent, se mêlant à mes pleurs,*
De la triste Sion célèbrent les malheurs.

UNE ISRAÉLITE, seule, chantant.

— *Déplorable* [6] *Sion, qu'as-tu fait de ta gloire* [7] *?*
    Tout l'univers admirait ta splendeur :
Tu n'es plus que poussière ; et de cette grandeur
Il ne nous reste plus que la triste [8] *mémoire.*
Sion, jusques au Ciel élevée autrefois,
    Jusques aux enfers maintenant abaissée,
      Puissé-je demeurer sans voix,
     Si dans mes chants ta douleur retracée [9]
140 *Jusqu'au dernier soupir n'occupe ma pensée !*

TOUT LE CHŒUR. — *O rives du Jourdain ! ô champs aimés des Cieux !*
     Sacrés [10] *monts, fertiles vallées,*
    Par cent miracles signalées [11] *!*

---

1. Ce vers ne signifie pas forcément qu'elles se « mettent en rangs » : il est plus probable qu'elles disent : allons nous mettre à sa disposition. — 2. « Qui n'est point malfaisant » (*Dict. de l'Acad.*, 1694) ; il faut donc entendre : de belles jeunes filles qui ne font point mauvais usage de leur beauté. — 3. « Honnête embarras » (*Acad.*, 1694) : elles sont embarrassées en présence d'une étrangère. — 4. Voir p. 47, n. 12. — 5. Expression dont on trouverait une centaine d'exemples dans la Bible : il faut l'entendre au sens littéral, car Dieu est en paix ou en guerre avec son peuple. — 6. « Digne de compassion, de pitié » (*Acad.*, 1694). — 7. « Se prend aussi quelquefois pour l'éclat, la splendeur que donnent la grandeur, la puissance » (*Acad.*, 1694). — 8. Avec l'idée de deuil. — 9. Inversion un peu osée : si *ta douleur, retracée* dans mes chants,... — 10. Voir p. 48, n. 5. — 11. Rendues remarquables *par cent miracles.*

> Du doux pays de nos aïeux
> Serons-nous toujours exilées?

UNE ISRAÉLITE, seule.

> — Quand verrai-je, ô Sion[1]! relever tes remparts,
> Et de tes tours les magnifiques[2] faîtes?
> Quand verrai-je de toutes parts
> Tes peuples[3] en chantant accourir à tes fêtes?

TOUT LE CHŒUR. —[150] O rives du Jourdain! ô champs aimés des Cieux!

> Sacrés monts, fertiles vallées,
> Par cent miracles signalées!
> Du doux pays de nos aïeux
> Serons-nous toujours exilées?

---

1. Voir p. 51, n. 8. — 2. A propos des personnes, cet adjectif signifie : « Somptueux en dons et en dépenses » (*Dict. de l'Acad.*, 1694) : il indique ici que ces tours ont été élevées par la magnificence de Salomon, laquelle fut, en effet très grande. — 3. Pluriel augmentatif.

■■■

● **Le Chœur**

① Montrez qu'un chœur de jeunes filles israélites est justifié auprès d'Esther (même si la Bible n'en fait pas état) : *a*) par ce que nous avons appris du caractère d'Esther ; *b*) par le lieu même où se déroule la tragédie ; *c*) par l'intérêt du problème qu'elle traite ; *d*) qu'il est justifié par ces raisons plus que par l'opportunité de faire chanter les Demoiselles de Saint-Cyr.

② Le chœur de la tragédie grecque faisait une entrée solennelle et ordonnée (*parodos*) : donnez les raisons pour lesquelles Racine a préféré cette entrée désordonnée et assez prosaïque.

● **Les caractères** — La bonté d'ESTHER apparaît aussi bien en ses propos que dans l'empressement que les jeunes filles mettent à répondre à son appel : le naturel de leurs propos en témoigne, comme le fait que ces propos sont chantés ; elles vivent vraiment dans la paix et la joie.
ÉLISE a gardé, de son contact avec le « prophète divin », une certaine solennité de ton : elle semble toute désignée pour être le coryphée de ce chœur qui chantera les louanges du vrai Dieu.

③ Le chœur de la tragédie grecque parle souvent à la première personne du singulier : il forme une personnalité unique ; montrez que la répartition des chants entre certaines choristes et le chœur permet à Racine de nuancer davantage l'expression des sentiments.

● **Textes**

(T) V. 126-127 : *Que ma prière s'élève vers vous comme la fumée de l'encens* (Psaume 140, 2). — V. 129-131 : *Car ceux qui nous avaient emmenés captifs nous demandaient que nous chantassions des cantiques ; — Ceux qui nous avaient enlevés nous disaient : chantez-nous quelqu'un des cantiques de Sion* (Psaume 136, 3-4). — V. 138-140 : *Que ma langue soit attachée à mon gosier, si je ne me souviens pas de toi, — Si je ne me propose pas Jérusalem comme le principal sujet de ma joie* (Psaume 136, 7-8).

④ Montrez quel usage Racine a fait, dans le détail, de ce dernier texte.

■■■

Scène III. — ESTHER, MARDOCHÉE,
ÉLISE, LE CHŒUR.

ESTHER. — Quel profane[1] en ce lieu s'ose[2] avancer vers nous ?
Que vois-je ? Mardochée ? O mon père, est-ce vous[3] ?
Un ange du Seigneur, sous son aile sacrée[4],
A donc conduit vos pas et caché votre entrée ?
Mais d'où vient cet air sombre, et ce cilice[5] affreux[6],
160 Et cette cendre enfin qui couvre vos cheveux ?
Que nous annoncez-vous ?

MARDOCHÉE. —   O Reine infortunée !
O d'un peuple innocent barbare destinée !
Lisez, lisez l'arrêt détestable[7], cruel.
Nous sommes tous perdus, et c'est fait[8] d'Israël.

ESTHER. — Juste Ciel ! tout mon sang dans mes veines se glace.

MARDOCHÉE. — On doit de tous les Juifs exterminer la race.
Au sanguinaire Aman nous sommes tous livrés.
Les glaives, les couteaux sont déjà préparés.
Toute la nation à la fois est proscrite.
170 Aman, l'impie Aman, race d'Amalécite,
A pour ce coup funeste armé tout son crédit,
Et le Roi, trop crédule[9], a signé cet édit.
Prévenu[10] contre nous par cette bouche impure,
Il nous croit en horreur à toute la nature.
Ses ordres sont donnés, et dans tous ses États
Le jour fatal[11] est[12] pris pour tant d'assassinats.
Cieux, éclairerez-vous cet horrible carnage ?
Le fer ne connaîtra ni le sexe ni l'âge.
Tout doit servir de proie aux tigres, aux vautours ;
180 Et ce jour effroyable arrive dans dix jours.

ESTHER. — O Dieu, qui vois former des desseins si funestes[13],
As-tu donc de Jacob[14] abandonné les restes ?

---

1. Sacrilège : il pénètre, en effet, n'étant pas croyant, dans un lieu consacré à la prière, et dans l'appartement des femmes. — 2. Quand un pronom est complément d'un verbe introduit par un auxiliaire, la langue classique le place régulièrement devant l'auxiliaire. — 3.Quelle expression de la tendresse filiale pourrait bien être plus forte que ce cri ? voir aussi p. 35. — 4. L'intervention des anges est fréquente dans la Bible : voir le sacrifice d'Abraham, Daniel dans la fournaise, l'ange exterminateur des Égyptiens, etc. Ce sont des êtres d'une nature intermédiaire entre celle des hommes et celle de Dieu. — 5. Vêtement de crin porté sur la peau ; il impose donc une souffrance continuelle, recherchée par esprit de mortification. — 6. Voir p. 48, n. 4. — 7. « Que l'on a en horreur » (*Dict. de l'Acad.*, 1694) ; les deux épithètes vont du général au particulier. — 8. Le destin d'Israël est fixé irrévocablement, tout est terminé ; nous dirions : *c'en est fait.* — 9. L'épithète n'est pas forcément défavorable. — 10. *Prévenir* : « Préoccuper l'esprit de quelqu'un » (*Acad.*, 1694) en y faisant naître des idées défavorables. — 11. « Qui doit arriver nécessairement » (*Dict.* de Furetière, 1690). — 12. Accepté, adopté, d'où : fixé. — 13. « Qui cause la mort ou qui en menace » (Furetière, 1690). — 14. Jacob s'appela Israël après son combat contre l'Ange ; son nom désigne ici l'ensemble du peuple juif, dont les douze tribus sont issues de ses fils.

UNE DES PLUS JEUNES ISRAÉLITES.
> — Ciel, qui nous défendra, si tu ne nous défends ?

MARDOCHÉE. — Laissez les pleurs, Esther, à ces jeunes enfants.
En vous est tout l'espoir de vos malheureux frères.
Il faut les secourir. Mais les heures sont chères [1] :
Le temps vole, et bientôt amènera le jour
Où le nom des Hébreux doit périr sans retour.
Toute pleine du feu [2] de tant de saints prophètes,
190 Allez, osez au Roi déclarer qui vous êtes.

---

1. « Précieux, de grande valeur » (*Dict.* de Furetière, 1690) : elles valent ici le sang de tout un peuple. — 2. Ardeur (en latin, *ardere* signifie : brûler); mais *feu* peut être pris au sens propre, dans le contexte biblique : comme Isaïe, sentant la faiblesse de ses forces, hésitait à assumer la mission prophétique dont le chargeait Dieu, l'Ange du Seigneur prit un charbon enflammé et lui en marqua les lèvres, pour lui donner l'éloquence divine.

■■

● **L'action** — C'est le nœud. Le problème que pose toute pièce de théâtre est désormais nettement formulé : il ne s'agit plus de savoir si les Juifs seront ou non captifs, mais s'ils survivront. De plus, nous connaissons tous les éléments de ce problème et les forces en présence : Aman, et Dieu qui agira par les hommes.

● **Les caractères** — ESTHER n'est que douceur : amour filial, puis effroi qui dirige immédiatement sa pensée vers Dieu ; elle n'a pas en elle cette force qui pousse une Judith à prendre, sans hésiter, une décision héroïque : son héroïsme sera le fruit d'un effort sur elle-même et de l'aide de Dieu. MARDOCHÉE, s'il a l'éloquence des prophètes, en a aussi le réalisme : il voit les choses en face et les exprime dans un langage dru et concret ; il en a aussi la volonté impérieuse : il a conscience de parler non seulement pour le salut de tout son peuple, mais au nom du Tout-Puissant ; on notera enfin la promptitude avec laquelle il prend sa décision : il ne fait pas de place au lyrisme et aux attendrissements.

① Étudiez le vocabulaire de Mardochée : le réalisme biblique, les images concrètes, l'alliance du concret et de l'abstrait.

● **Le jansénisme** — L'entrée de Mardochée (après celle d'Élise) est un de ces signes qui montrent au croyant qu'il est prédestiné à la grâce : Esther ne le comprend pas encore ; Mardochée, lui, l'a compris.

● **Textes** — (T) V. 159-160 : *Ils ont couvert leur tête de cendre ; ils se sont revêtus du cilice* (Lament., 2, 10). — V. 160 : *Hurlez, pasteurs et criez, couvrez-vous de cendres, vous qui êtes les chefs de mon troupeau : car le temps est accompli auquel vous devez être tués* (Jérémie, 25, 34.) — *Prêtres, couvrez-vous de sacs et pleurez ; jetez de grands cris, ministres de l'autel, allez au temple et couchez dans le sac, ministres de mon Dieu* (Joël, 1, 13). — V. 188 : *Mes ennemis m'ont souhaité plusieurs maux, en disant : quand mourra-t-il donc ? et quand son nom sera-t-il exterminé ?* (Psaume 40, 6).

■■

ESTHER. — Hélas! ignorez-vous quelles sévères lois
Aux timides [1] mortels cachent ici les rois [2]?
Au fond de leur palais leur majesté terrible
Affecte [3] à leurs sujets de se rendre invisible [4];
Et la mort est le prix [5] de tout audacieux
Qui sans être appelé se présente à leurs yeux,
Si le Roi dans l'instant [6], pour sauver le coupable,
Ne lui donne au baiser [7] son sceptre redoutable.
Rien ne met à l'abri de cet ordre fatal [8],
200 Ni le rang [9], ni le sexe, et le crime est égal.
Moi-même, sur son trône à ses côtés assise,
Je suis à cette loi comme une autre soumise ;
Et sans le prévenir, il faut, pour lui parler,
Qu'il me cherche, ou du moins qu'il me fasse appeler.

MARDOCHÉE. — Quoi! Lorsque vous voyez périr votre patrie,
Pour quelque chose, Esther, vous comptez votre vie!
Dieu parle, et d'un mortel vous craignez le courroux!
Que dis-je? Votre vie, Esther, est-elle à vous [10]?
N'est-elle pas au sang [11] dont vous êtes issue?
210 N'est-elle pas à Dieu dont vous l'avez reçue?
Et qui sait, lorsqu'au trône il conduisit vos pas,
Si pour sauver son peuple il ne vous gardait pas [12]?
Songez-y bien : ce Dieu ne vous a pas choisie
Pour être un vain spectacle aux peuples de l'Asie,
Ni pour charmer les yeux des profanes humains.
Pour un plus noble usage il réserve ses saints [13].
S'immoler pour son nom et pour son héritage [14],
D'un enfant d'Israël voilà le vrai partage.
Trop heureuse pour lui de hasarder vos jours!
220 Et quel besoin son bras a-t-il de nos secours?
Que peuvent contre lui tous les rois de la terre?
En vain ils s'uniraient pour lui faire la guerre :
Pour dissiper leur ligue il n'a qu'à se montrer ;
Il parle, et dans la poudre il les fait tous rentrer.
Au seul son de sa voix la mer fuit, le ciel tremble ;

---

1. « Qui craint tout » (*Dict.* de Furetière, 1690). — 2. Le roi est l'égal des dieux. —
3. « Aimer, souhaiter quelque chose avec empressement » (Furetière). — 4. Il y avait certes
ce souci d'accroître le prestige de la royauté par le mystère dont elle était entourée : mais
ce mystère prévenait les attentats. — 5. Ce que l'on obtient. — 6. Au moment même. —
7. Selon certains, le roi devait toucher de son sceptre l'épaule droite du coupable pour lui
sauver la vie. — 8. « Se prend le plus souvent en mauvaise part » (Vaugelas) : c'est bien le
cas ici. — 9. Les sept conjurés qui avaient renversé le Faux-Smerdis avaient décidé, avant
de désigner celui qui serait roi, que le chef de chacune de leurs familles aurait à perpétuité
le droit d'entrer chez le roi sans être attendu. — 10. Coupe expressive 2 + 4 + 2 + 4. —
11. Métonymie habituelle dans la tragédie. — 12. En tout cas, c'était bien le dessein de Mardochée. — 13. Au sens biblique, ce sont ceux que Dieu choisit pour une mission particulière;
au sens janséniste, ceux qui sont prédestinés à la grâce. — 14. « Le peuple juif, qui est comme
l'apanage de Dieu » (Lanson).

Il voit comme un néant tout l'univers ensemble [1],
Et les faibles mortels, vains jouets [2] du trépas,
Sont tous devant ses yeux comme s'ils n'étaient pas.
    S'il a permis d'Aman l'audace criminelle,
230 Sans doute qu'il voulait éprouver votre zèle [3].
C'est lui qui m'excitant à vous oser chercher,
Devant moi, chère Esther, a bien voulu marcher ;
Et s'il faut que sa voix frappe en vain vos oreilles,
Nous n'en verrons pas moins éclater [4] ses mer-
                                                    [veilles.
Il peut confondre Aman, il peut briser nos fers
Par la plus faible main qui soit dans l'univers.
Et vous, qui n'aurez point accepté cette grâce,
Vous périrez peut-être, et [5] toute votre race.

---

1. « Tout d'un temps » (*Dict. de l'Acad.*, 1694). Nous pensons que *néant* signifie rien (« Dieu a tiré toutes choses du *néant* », *Dict. de l'Acad.*, 1694) plutôt que « peu de valeur dans les choses » (même dict.). — 2. « Chose dont on se divertit » (*Acad.*, 1694) : c'est le squelette grimaçant des « danses macabres » du Moyen Age. — 3. « Affection ardente pour quelque chose. Il se dit principalement à l'égard des choses saintes » (*Acad.*, 1694). *Sans doute* signifie : « hors de doute, certainement » (*Dict.* de Furetière, 1690); la construction avec *que* est correcte au XVII⁰ s. — 4. « Briller, frapper les yeux » (*Acad.*, 1694). — 5. Cette conjonction de valeur forte (= ainsi que) donne une énergie particulière à cette fin de discours.

---

① Recherchez, dans ce discours, la rigueur de l'argumentation destinée à fléchir la volonté d'Esther devant l'obligation du sacrifice, l'honneur d'être une élue de Dieu, la toute-puissance divine. La menace prophétique qui le termine en est la conclusion naturelle et nécessaire.

● **Le jansénisme** — V. 236 : thème courant, la toute-puissance de la grâce. — V. 237 : *accepté cette grâce* peut sembler moliniste ; mais *a) grâce* signifie : faveur ; *b)* Port-Royal admettait l'existence de « petites grâces que, pour des raisons diverses, Dieu accorde sans vouloir leur faire atteindre leur but apparent » (Orcibal). Il s'agit cependant ici d'une grâce importante : nous pensons que Racine a restreint le sens de *accepté* (= *reçu*) et, si Esther ne reçoit pas la grâce, c'est que Dieu ne la donne pas : en ce cas, elle périra avec tout le peuple.

② **Versification** — V. 225 : il ne comprend que des monosyllabes. V. 205-210 : montrez que c'est par la coupe des vers et la place des mots que sont le mieux rendues l'indignation de Mardochée et ses objurgations pressantes.

③ **Le lyrisme biblique** — Montrez comment Racine a utilisé ses sources et amplifié, revivifié les images de la Bible :
(T) V. 228 : *Et je comprends que vous avez mis à mes jours une mesure fort bornée et que le temps que j'ai à vivre est devant vous comme un néant* (Psaume 38, 7). — V. 228 : *Tous les peuples du monde sont devant lui comme s'ils n'étaient point, et il les regarde comme un vide et comme un néant* (Isaïe, 40, 17).

ESTHER.   — Allez. Que tous les Juifs dans Suse répandus,
240 A prier avec vous jour et nuit assidus [1],
Me prêtent [2] de leurs vœux le secours salutaire,
Et pendant ces trois jours gardent un jeûne austère.
Déjà la sombre nuit a commencé son tour [3] :
Demain, quand le soleil rallumera [4] le jour,
Contente [5] de périr, s'il faut que je périsse [6],
J'irai pour mon pays m'offrir en sacrifice.
Qu'on [7] s'éloigne un moment.
       (*Le chœur se retire vers le fond du théâtre.*)

Scène IV. — ESTHER, ÉLISE, LE CHŒUR.

ESTHER.   —   O mon souverain Roi !
Me voici donc tremblante et seule devant toi [8].
Mon père mille fois m'a dit dans mon enfance,
250 Qu'avec nous tu juras une sainte alliance,
Quand pour te faire un peuple agréable à tes yeux,
Il plut à ton amour de choisir nos aïeux.
Même tu leur promis de ta bouche sacrée
Une postérité d'éternelle durée.
Hélas ! ce peuple ingrat a méprisé ta loi ;
La nation chérie a violé sa foi ;
Elle a répudié son époux et son père,
Pour rendre à d'autres dieux un honneur adultère.
Maintenant elle sert sous un maître étranger.
260 Mais c'est peu d'être esclave, on la veut égorger.
Nos superbes vainqueurs, insultant [9] à nos larmes,
Imputent à leurs dieux le bonheur de leurs armes,
Et veulent aujourd'hui qu'un même coup mortel
Abolisse ton nom, ton peuple et ton autel.

---

1. « Qui a une application continuelle à quelque chose » (*Dict. de l'Acad.*, 1694). — 2. Latinisme : *praestare* = fournir. — 3. « Rang successif, alternatif » (*Acad.*, 1694). — 4. Voilà comment l'imagination d'un grand poète peut transfigurer un cliché comme « le soleil flambeau du jour » ; cette splendeur rachète la platitude de *sombre*, au vers précédent. — 5. « On dit encore, *être content*, pour dire [...] consentir » (*Acad.*, 1694) mais il n'est pas interdit de voir dans cette expression une idée de joie. — 6. Redoublement d'expression qui marque la détermination. — 7. Valeur affective de ce pronom : Esther s'isole et ne connaît plus que Dieu. — 8. Coupe : 4 + 2 + 2 + 4 ; Esther (*me*) et Dieu (*toi*) sont aux deux extrémités du vers. — 9. Insulter : « prendre avantage de la misère d'un homme pour lui faire quelque offense. En ce sens il régit le datif. » (*Acad.*, 1694).

● L'action est engagée : Esther, avec l'aide de Dieu qu'elle implore, va engager la lutte contre Aman. Chose étrange, c'est seulement maintenant que nous est précisé le *temps* (v. 243) : tout ce qui précède n'a sans doute qu'un aspect intemporel ; seule, compte l'intervention directe de Dieu, obtenue par la prière des croyants.

● **Les caractères** — ESTHER est métamorphosée : une volonté farouche apparaît ici, mais nous retrouvons sa douceur quand elle s'adresse à Dieu. MARDOCHÉE ne doute pas de la victoire d'Esther ; il ne s'attendrit pas sur le péril qu'elle court, et il repart, aussi mystérieusement qu'il est venu, sans mot dire : c'est l'envoyé de Dieu.

● **Les sources** — Le jeûne ordonné par Esther. (T) *Allez, assemblez tous les Juifs que vous trouverez dans Suse, et priez pour moi. Ne mangez point et ne buvez point pendant trois jours et pendant trois nuits, et je jeûnerai avec les femmes qui me servent ; et après cela j'irai trouver le roi, contre la loi qui le défend et sans y être appelée, en m'abandonnant au péril et à la mort* (Esth., 4, 16). — *Ordonnez un jeûne saint, convoquez l'assemblée, faites venir les anciens et tous les habitants du pays en la maison du Seigneur votre Dieu, et criez au Seigneur* (Joël, 1, 14).

— La trahison d'Israël. (T) *Parce que ceux qui s'éloignent de vous périront et que vous avez résolu de perdre tous ceux qui sans abandonner pour se prostituer aux créatures* (Psaume 72, 27). — Autres textes : *Elle a souillé toute la terre par le débordement de sa prostitution, et elle s'est corrompue avec la pierre et le bois* (Jérémie, 3, 9). — *Car ce sont des femmes adultères, qui ont les mains pleines de sang, et qui se sont prostituées à leurs idoles* (Ézéchiel, 23, 37). — *Parce qu'Israël quittera le Seigneur en s'abandonnant à la prostitution* (Osée, 1, 2).

— La prière d'Esther. (T) Livre d'Esther, XIV :

3. *Mon Seigneur, qui êtes notre roi, assistez-moi dans l'abandon où je me trouve, puisque vous êtes le seul qui me puissiez secourir.*

4. *Le péril où je me trouve est présent et inévitable.*

5. *J'ai su de mon père, ô Seigneur, que vous aviez pris Israël d'entre les nations, et que vous aviez choisi nos pères en les séparant de tous leurs ancêtres qui les avaient devancés, pour vous établir parmi eux un héritage éternel ; et vous leur avez fait tout le bien que vous leur aviez promis.*

6. *Nous avons péché devant vous, et c'est pour cela que vous nous avez livrés entre les mains de nos ennemis.*

7. *Car nous avons adoré leurs dieux. Vous êtes juste, Seigneur.*

8. *Et maintenant ils ne se contentent pas de nous opprimer par une dure servitude ; mais attribuant la force de leurs bras à la puissance de leurs idoles,*

9. *Ils veulent renverser vos promesses, exterminer votre héritage, fermer la bouche de ceux qui vous louent, et éteindre la gloire de votre temple et de votre autel.*

10. *Pour ouvrir la bouche des nations, pour faire louer la puissance de leurs idoles, et pour relever à jamais un roi de chair et de sang.*

11. *Seigneur, n'abandonnez pas votre sceptre à ceux qui ne sont rien, de peur qu'ils ne se rient de notre ruine ; mais faites retomber sur eux leurs mauvais desseins, et perdez celui qui a commencé à nous faire ressentir les effets de sa cruauté.*

12. *Seigneur, souvenez-vous de nous ; montrez-vous à nous dans le temps de notre affliction ; donnez-moi de la fermeté et de l'assurance, ô Seigneur roi des dieux et de toute la puissance qui est dans le monde !*

13. *Mettez dans ma bouche des paroles sages et composées en la présence du lion, et transférez son cœur de l'affection à la haine de notre ennemi, afin qu'il périsse lui-même avec tous ceux qui lui sont unis.*

14. *Délivrez-nous par votre puissante main, et assistez-moi, Seigneur, vous qui êtes mon unique secours, vous qui connaissez toutes choses.*

Ainsi donc un perfide, après [1] tant de miracles,
Pourrait anéantir la foi de tes oracles,
Ravirait aux mortels le plus cher de tes dons,
Le saint [2] que tu promets et que nous attendons ?
Non, non, ne souffre pas que ces peuples farouches [3],
270 Ivres de notre sang, ferment les seules bouches
Qui dans tout l'univers célèbrent tes bienfaits ;
Et confonds [4] tous ces dieux qui ne furent jamais [5].
    Pour moi, que tu retiens parmi ces infidèles,
Tu sais combien je hais leurs fêtes criminelles,
Et que je mets au rang des profanations
Leur table, leurs festins et leurs libations ;
Que même cette pompe [6] où je suis condamnée,
Ce bandeau, dont il faut que je paraisse ornée
Dans ces jours solennels à l'orgueil dédiés,
280 Seule et dans le secret je le foule à mes pieds ;
Qu'à ces vains ornements je préfère la cendre,
Et n'ai de goût qu'aux pleurs que tu me vois
                        [répandre.
J'attendais le moment marqué dans ton arrêt,
Pour oser de ton peuple embrasser l'intérêt.
Ce moment est venu. Ma prompte obéissance
Va d'un roi redoutable affronter la présence.
C'est pour toi que je marche. Accompagne mes pas
Devant ce fier lion qui ne te connaît pas ;
Commande en me voyant que son courroux s'apaise,
290 Et prête à mes discours un charme qui lui plaise.
Les orages, les vents, les cieux te sont soumis :
Tourne enfin sa fureur contre nos ennemis.

Scène V. — LE CHŒUR.

(Toute cette scène est chantée.)

UNE ISRAÉLITE, seule.

    — *Pleurons et gémissons, mes fidèles compagnes.*
      A nos sanglots donnons un libre cours.
    Levons les yeux vers les saintes montagnes
    D'où l'innocence attend tout son secours.
          O mortelles alarmes!

---

1. Sens adversatif : malgré. — 2. Le Messie. — 3. Sauvages. — 4. Humilie. — 5. Expression assez curieuse, à première vue ; il faut entendre : *qui ne furent jamais* des dieux, mais des créatures. — 6. « Appareil magnifique, somptuosité » (*Dict. de l'Acad.*, 1694).

Sources. (T) *Vous qui savez que je hais la gloire des injustes et que je déteste le lit des incirconcis et de tout étranger, — Vous savez la nécessité où je me trouve, et qu'aux jours où je parais dans la magnificence et dans l'éclat, j'ai en abomination la marque superbe de ma gloire que je porte sur ma tête, et que je la déteste comme un linge souillé et qui fait horreur ; que je ne la porte point dans les jours de mon silence* (Esther, XIV, 15-16).

Cl. Giraudon

Esther, Assuérus et Mardochée
vus par Rembrandt

Esther aux Bouffes-Parisiens, janvier 1962,
avec Edith Ganand et Anne Moreau-Stir

Cl. Bernand

Esther joué a
Théâtre Montan
sier à Versailles
mai 1961

Marie Bell,
G. Skibine
et Yvette Chauvir ◀

Clichés Lipnitzki

Jacques François, ▶
Marie Bell et
Henriette Barreau

> *Tout Israël périt. Pleurez, mes tristes yeux :*
> *Il ne fut jamais sous les cieux*
> ₃₀₀ *Un si juste ¹ sujet de larmes.*

TOUT LE CHŒUR.

                        O mortelles alarmes!

UNE AUTRE ISRAÉLITE.

>   — *N'était-ce pas assez qu'un vainqueur odieux ²*
> *De l'auguste ³ Sion eût détruit tous les charmes ⁴,*
> *Et traîné ses enfants captifs en mille lieux ?*

TOUT LE CHŒUR.

                        O mortelles alarmes!

LA MÊME ISRAÉLITE.

>   — *Faibles agneaux livrés à des loups furieux,*
> *Nos soupirs ⁵ sont nos seules armes.*

TOUT LE CHŒUR.

                        O mortelles alarmes!

---

1. « Conforme à la raison » (*Dict. de l'Acad.*, 1694). — 2. « Haïssable » (*Acad.*, 1694). — 3. Voir p. 48, n. 1. — 4. « Attrait, appât, qui plaît extrêmement, qui touche sensiblement » (*Acad.*, 1694). — 5. Élans de tristesse.

🔴 **Le caractère d'Esther**
     — **Sa foi** : la prière d'Esther s'adresse à un Dieu personnel et présent, non pas seulement à son esprit, mais à sa vue : elle lui rappelle ses promesses, elle discute avec lui et cherche à provoquer sa pitié, tant par le spectacle des malheurs de son peuple que par celui de sa propre fidélité.
     — **Son patriotisme** est ardent : elle a foi dans les destinées de son peuple ; il est exclusif : elle a la haine de l'étranger qui est en même temps l'infidèle.

   ① Montrez que le choix des arguments et leur enchaînement témoignent d'une très grande habileté : Esther sait s'y prendre pour demander une grâce.

   ② Étudiez l'évolution du ton : soumis, confiant, énergique.

🔴 **Les sources**
     — **Le chœur.** (T) V. 295-6 : *J'ai levé les yeux vers les montagnes, d'où me doit venir du secours* (Psaume 120, 1). — V. 302-4 : *Ses petits enfants ont été emmenés captifs devant l'ennemi qui les chassait, — Tout ce la fille de Sion avait de beau lui a été enlevé* (Lamentations, 1, 6). — V. 306 : — *Les opprobres ont conjuré ensemble au milieu d'elle ; ils ont dévoré les âmes comme un lion qui rugit et ravit sa proie ; — Ses princes étaient au milieu d'elle, comme des loups toujours attentifs à ravir leur proie, à répandre le sang* (Ézéchiel, 22, 27). — *C'est pourquoi le lion de la forêt les dévorera, le loup qui cherche sa proie sur le soir les ravira, le léopard tiendra toujours les yeux ouverts sur leurs villes et déchirera tous ceux qui en sortiront* (Jérémie, 5, 6).

Esther.   3.

UNE ISRAÉLITE.
> *Arrachons, déchirons tous ces vains* [1] *ornements* [2]
> 310   *Qui parent notre tête.*

UNE AUTRE. —
> *Revêtons-nous d'habillements*
> *Conformes à l'horrible fête*
> *Que l'impie* [3] *Aman nous apprête.*

TOUT LE CHŒUR.
> *— Arrachons, déchirons tous ces vains ornements*
> *Qui parent notre tête.*

UNE ISRAÉLITE, seule.
> *Quel carnage de toutes parts* [4] *!*
> *On égorge à la fois* [5] *les enfants, les vieillards,*
> *Et la sœur et le frère,*
> *Et la fille et la mère* [6],
> 320   *Le fils dans les bras de son père* [7].
> *Que de corps entassés! Que de membres épars,*
> *Privés de sépulture* [8] *!*
> *Grand Dieu! tes saints sont la pâture*
> *Des tigres et des léopards.*

UNE DES PLUS JEUNES ISRAÉLITES.
> *Hélas! si jeune encore,*
> *Par quel crime ai-je pu mériter mon malheur?*
> *Ma vie à peine a commencé d'éclore.*
> *Je tomberai comme une fleur*
> *Qui n'a vu qu'une aurore.*
> 330   *Hélas! si jeune encore,*
> *Par quel crime ai-je pu mériter mon malheur?*

UNE AUTRE. — *Des offenses* [9] *d'autrui malheureuses victimes,*
> *Que* [10] *nous servent, hélas! ces regrets superflus?*
> *Nos pères ont péché, nos pères* [11] *ne sont plus,*
> *Et nous portons* [12] *la peine* [13] *de leurs crimes.*

TOUT LE CHŒUR.
> *— Le Dieu que nous servons est le Dieu des combats* [14] *:*
> *Non, non, il ne souffrira pas*
> *Qu'on égorge ainsi l'innocence.*

UNE ISRAÉLITE, seule.
> *Hé quoi? dirait l'impiété,*

---

1. Peut signifier : inutiles; ou : marques d'orgueil. — 2. C'est le terme que Racine emploie toujours pour désigner la parure féminine : voir *Bérénice*, v. 973, *Phèdre*, v. 158. — 3. « Qui a du mépris pour les choses de la religion » (*Dict. de l'Acad.*, 1694) : ce sera l'épithète spécifique d'Aman. — 4. Sobriété de ce vers : aucun adjectif. — 5. « En même temps » (*Acad.*, 1694). — 6. Accumulation de noms évocatrice. — 7. C'est le comble de l'horreur, l'avenir de la race est compromis : voir le v. 97. — 8. La privation de sépulture a toujours été, chez les anciens, le châtiment suprême. — 9. « Faute, péché » (*Acad.*, 1694). — 10. A quoi...? — 11. Répétition expressive. — 12. Porter : « Souffrir, endurer » (*Acad.*, 1694). — 13. Le « châtiment » (*Acad.*, 1694). — 14. Expression biblique : c'est le dieu qui peut décider du sort des combats.

340   *Où donc est-il ce Dieu si redouté*
      Dont Israël nous vantait la puissance ?

UNE AUTRE. —   *Ce Dieu jaloux [1], ce Dieu victorieux,*
               Frémissez, peuples de la terre,
               Ce Dieu jaloux, ce Dieu victorieux
               Est le seul qui commande aux cieux.
               Ni les éclairs ni le tonnerre
               N'obéissent point [2] à vos dieux.

UNE AUTRE. —   *Il renverse l'audacieux [3].*

UNE AUTRE. —   *Il prend l'humble sous sa défense.*

TOUT LE CHŒUR.
               —350 *Le Dieu que nous servons est le Dieu des combats :*
               Non, non, il ne souffrira pas
               Qu'on égorge ainsi l'innocence [4].

DEUX ISRAÉLITES.

               O Dieu, que la gloire [5] couronne,
               Dieu, que la lumière environne [6],
               Qui voles sur l'aile des vents,
               Et dont le trône est porté par les anges !

DEUX AUTRES DES PLUS JEUNES.

               —   *Dieu qui veux bien que de simples [7] enfants*
               Avec eux chantent tes louanges !

---

1. Qui veut être adoré à l'exclusion de tout autre. — 2. L'usage moderne n'admet plus *point* avec *ni... ni*. — 3. *Audace :* « Hardiesse impudente » (*Dict. de l'Acad.*, 1694). — 4. Image hardie, par l'alliance du concret et de l'abstrait. — 5. Voir le v. 132. — 6. Ces deux vers semblent bien concrétiser les deux termes de l'expression théologique : « La Lumière de la Gloire » (*Acad.*, 1694), l'un des attributs de Dieu. — 7. Des enfants sans culture.

---

① Montrez que cette plainte (vers 325-331) est bien naturelle dans la bouche d'une enfant ; montrez ensuite que Racine varie le style de ce chœur suivant les personnages qu'il fait chanter ; exemples : v. 316-324, 325-331, 332-335.

② Montrez que l'impression de légèreté que produit cette suite de vers (v. 353-356) est obtenue surtout par l'emploi des consonnes liquides et nasales et l'alternance des voyelles sourdes et sonores.

● **Le jansénisme** — Il y a d'autres péchés originels que celui d'Adam : v. 334-5.

● **Les sources** — (T) V. 309 : *Ses vierges sont toutes défigurées de douleur* (Lamentations, 1, 4). — V. 334 : *Nos pères ont péché, et ils ne sont plus, et nous avons porté la peine de leurs iniquités* (Lament., 5, 7). — V. 339-41 : *De peur qu'on ne dise parmi les peuples : Où est maintenant leur Dieu?* (Ps. 78, 10). — V. 348 : *Il a renversé les grands de leurs trônes, et il a élevé les petits* (Luc, 1, 52).

TOUT LE CHŒUR.

—
360

> *Tu vois nos pressants dangers :*
> *Donne à ton nom* [1] *la victoire ;*
> *Ne souffre pas que ta gloire*
> *Passe à des dieux étrangers.*

UNE ISRAÉLITE, *seule.*

—

> *Arme-toi, viens nous défendre :*
> *Descends, tel qu'autrefois la mer te vit descendre.*
> *Que les méchants apprennent aujourd'hui*
> *A craindre ta colère.*
> *Qu'ils soient comme la poudre* [2] *et la paille légère*
> *Que le vent chasse devant lui.*

TOUT LE CHŒUR.

—
370

> *Tu vois nos pressants dangers :*
> *Donne à ton nom la victoire ;*
> *Ne souffre point que ta gloire*
> *Passe à des dieux étrangers.*

---

1. Selon certains commentateurs : aux Israélites ; nous entendons l'expression au sens propre : voir p. 59, le texte *Ps.* 40, 6. — 2. Poussière, « qui s'élève en l'air au moindre vent » (*Dict. de l'Acad.*, 1694) : l'expression semble indiquer qu'il s'agissait alors d'une sorte de « cliché » d'origine biblique.

● **L'action** — Ce chœur ne marque pas un repos de l'action : il lui est lié de la façon la plus étroite :
— Ces chants sont inspirés par les deux scènes précédentes, dont les compagnes d'Esther ont été les témoins.
— Cette longue prière symbolise celle de tout le peuple d'Israël, qui, à l'appel de Mardochée, supplie le Dieu des combats de donner la victoire à son peuple.

① Retrouvez le plan de l'ensemble de ce chœur, d'après les principaux thèmes lyriques : douleur, désespoir, confiance, prière ; recherchez l'enchaînement de ces différents thèmes.

● **Les sources** — (T) V. 360-1 : *Aidez-nous, ô Dieu qui êtes notre Sauveur ! Délivrez-nous, Seigneur, pour la gloire de votre nom* (Psaume, 78, 9).
— V. 363 : *Excitez et faites paraître votre puissance, et venez pour nous sauver* (Ps. 79, 2). — V. 366-7 : *Ils sont comme la poussière que le vent disperse de dessus la face de la terre* (Ps. 1, 4). — V. 369 : *Parce que nous sommes réduits à la dernière misère* (Ps. 78, 8).

● **Autres sources** — *Je les disperserai en divers lieux, comme la paille que le vent emporte dans le désert* (Jérémie, 13, 24). — *Il a fait tomber sous son épée ses ennemis comme la poussière, et il les a fait fuir devant son arc comme la paille que le vent emporte* (Isaïe, 41, 2). L'ensemble du Chœur : *N'allumez point toute votre colère, Seigneur, et effacez de votre esprit la mémoire de nos crimes ; jetez les yeux sur nous, et considérez que nous sommes tous votre peuple* (Isaïe, 64, 9).

ESTHER. – *Mes filles, soutenez votre reine éperdue.*
Je me meurs. **(II, 7, v. 634-5)**
Frontispice de l'édition originale.

ACTE II

(Le théâtre représente la chambre où est le trône d'Assuérus.)

Scène première. — AMAN, HYDASPE.

AMAN. — Hé quoi! lorsque le jour ne commence qu'à [1] luire,
Dans ce lieu redoutable oses-tu m'introduire [2]?

HYDASPE. — Vous savez qu'on s'en [3] peut reposer sur ma foi,
Que ces portes, Seigneur, n'obéissent [4] qu'à moi.
Venez. Partout ailleurs on pourrait nous entendre.

AMAN. — Quel est donc le secret que tu me [5] veux apprendre?

HYDASPE. — Seigneur, de vos bienfaits mille fois honoré,
380 Je me souviens toujours que je vous ai juré
D'exposer à vos yeux par des avis [6] sincères
Tout ce que [7] ce palais renferme de mystères.
Le Roi d'un noir chagrin [8] paraît enveloppé [9].
Quelque [10] songe effrayant cette nuit l'a frappé [11].
Pendant que tout gardait un silence paisible,
Sa voix s'est fait entendre avec un cri terrible [12].
J'ai couru. Le désordre était dans ses discours [13].
Il s'est plaint d'un péril qui menaçait ses jours :
Il parlait d'ennemi, de ravisseur farouche ;
390 Même [14] le nom d'Esther est sorti de sa bouche.
Il a dans ces horreurs [15] passé toute la nuit.
Enfin, las d'appeler un sommeil qui le fuit,
Pour écarter de lui ces images funèbres,
Il s'est fait apporter ces annales célèbres [16]

---

1. Nous dirions : ne fait que commencer. — 2. La surprise d'Aman s'exprime par une exclamation et une interrogation : elle est donc complète. — 3. *En* représente le fait qu'Hydaspe ose introduire Aman dans *ce lieu* « fort à craindre » (*Dict. de l'Acad.*, 1694). A moins qu'Hydaspe n'insinue que ce lieu n'est redoutable que s'il le veut. — 4. Image qui, en donnant une espèce de vie aux portes (si importantes en Orient), exalte la valeur du personnage. — 5. Voir p. 58, n. 2. — 6. « Il se dit aussi des nouvelles qu'on reçoit du dehors » (*Acad.*,1694) : les deux personnages évoluent, en effet, sur les plans différents. — 7. Cette formule est déjà par elle-même assez mystérieuse. — 8. « Fâcheuse mauvaise humeur » (*Acad.*, 1694); l'épithète *noir* nous paraît évocatrice, mais elle était peut-être banale à l'époque de Racine, puisque l'expression est citée par les dictionnaires du temps. — 9. Marque l'emprise totale de ce *chagrin*. — 10. Hydaspe ne sait exactement de quoi il s'agit. — 11. Voir la Préface p. 43, l, 31. — 12. Noter l'opposition des deux adjectifs placés à la rime; noter aussi la progression des sons du grave à l'aigu, au cours de ce vers. — 13. Signifie simplement : « propos » (*Acad.*, 1694). — 14. Peut-être est-ce un exemple que donne Hydaspe de la véracité de son récit; peut-être estime-t-il, au contraire, que la chose est extraordinaire. — 15. « Mouvement de l'âme accompagné de frémissement et de crainte, causé par l'aversion qu'excite la vue ou le souvenir de quelque objet affreux » (*Acad.*, 1694). — 16. Il peut paraître étonnant que le roi ne trouve pas d'autre distraction : mais, en fait, qu'y a-t-il pour lui de plus intéressant que sa propre personne?

Où les faits de son règne, avec soin amassés,
Par de fidèles mains chaque jour sont tracés.
On y conserve écrits le service et l'offense,
Monuments [1] éternels d'amour et de vengeance [2].
Le Roi, que j'ai laissé plus calme dans son lit,
400 D'une oreille attentive écoute ce récit.

AMAN. — De quel temps de sa vie a-t-il choisi l'histoire?

HYDASPE. — Il revoit tous ces temps si remplis de sa gloire [3],
Depuis [4] le fameux [5] jour qu'au [6] trône de Cyrus
Le choix du sort plaça l'heureux Assuérus.

AMAN. — Ce songe, Hydaspe, est donc sorti de son idée [7]?

HYDASPE. — Entre tous les devins fameux [8] dans la Chaldée [9],
Il a fait assembler ceux qui savent le mieux
Lire en un songe obscur les volontés des Cieux.

---

1. « Marque publique qu'on laisse à la postérité pour conserver la mémoire de [...] quelque action célèbre » (*Dict. de l'Acad.*, 1694). — 2. Destinés à perpétuer l'*amour* et la *vengeance.* — 3. « Réputation qui procède du mérite d'une personne, de l'excellence de ses actions » (*Acad.*, 1694). — 4. Se rattache à *remplis.* — 5. Voir p. 52, n. 4. — 6. Le complément de temps s'exprimerait aujourd'hui par *où.* — 7. Ce terme, qui désigne ordinairement l' « image qui se forme dans notre esprit » (*Dict.* de Richelet, 1680), désigne ici la faculté de former ces images : l'imagination.— 8. *Fameux :* « insigne dans son genre » (*Acad.*, 1694). — 9. La science astrologique des Chaldéens était célèbre dès la plus haute antiquité.

---

① Racine a tardé à faire apparaître Aman, que le premier acte nous a désigné comme un des acteurs essentiels du drame. Cherchez les raisons de cette apparition tardive.

● **L'atmosphère de la tragédie** change subitement : nous participions au deuil du peuple juif, nous voici plongés dans les intrigues d'une Cour orientale, avec tout ce que cela implique de mystère et de dangers. L'atmosphère s'alourdit de plus en plus.

● **L'action** — On peut se demander ce que vient faire Aman au palais à une heure aussi matinale : nul doute qu'il ne s'agisse de quelque manœuvre dont quelqu'un aura à souffrir ; mais qui?

● **Un événement capital :** le songe d'Assuérus.

① Le songe d'Assuérus n'est pas dans la Bible, qui parle simplement d'insomnie : pourquoi Racine l'a-t-il imaginé? Montrez son utilité dramatique ; et sa convenance psychologique dans la pensée des Anciens.

② En vous rappelant l'histoire de Joseph, qui devint premier ministre pour avoir interprété le songe du Pharaon, essayez de prévoir les conséquences du songe d'ASSUÉRUS, sur le plan du drame.

③ Ce songe est d'une cohérence parfaite pour qui connaît les événements relatés au premier acte ; montrez que le nom d'Esther (v. 390) le rattache à toute l'action.

	Mais quel trouble [1] vous-même aujourd'hui vous [agite [2]?
	410 Votre âme [3], en m'écoutant [4], paraît tout interdite [5].
	L'heureux [6] Aman a-t-il quelques secrets ennuis?
AMAN.	— Peux-tu le demander dans la place [7] où je suis,
	Haï, craint, envié [8], souvent plus misérable [9]
	Que tous les malheureux que mon pouvoir accable[10]?
HYDASPE.	— Hé! qui jamais du Ciel [11] eut des regards [12] plus [doux?
	Vous voyez l'univers [13] prosterné devant vous.
AMAN	— L'univers [14]? Tous les jours un homme... un vil [15] [esclave,
	D'un front audacieux me dédaigne et me brave [16].
HYDASPE.	— Quel est cet ennemi de l'État et du Roi [17]?
AMAN.	— 420 Le nom de Mardochée est-il connu de toi [18]?
HYDASPE.	— Qui? ce chef d'une race abominable [19], impie?
AMAN.	— Oui lui-même.
HYDASPE.	— Hé! Seigneur, d'une si belle vie
	Un si faible ennemi peut-il troubler la paix?
AMAN.	— L'insolent devant moi ne se courba jamais.
	En vain de la faveur du plus grand des monarques
	Tout révère à genoux les glorieuses marques [20].
	Lorsque d'un saint respect tous les Persans touchés [21]
	N'osent lever leurs fronts à la terre attachés [22],
	Lui, fièrement assis, et la tête immobile,
	430 Traite tous ces honneurs d'impiété servile,
	Présente à mes regards un front séditieux,
	Et ne daignerait pas au moins [23] baisser les yeux.

1. « Il se prend aussi pour l'inquiétude, l'agitation de l'esprit » (*Dict. de l'Acad.*, 1694). — 2. « Il se dit figurément pour marquer les troubles, les inquiétudes [...] de l'homme » (*Acad.*, 1694). — 3. « Se dit pour la personne entière » (*Acad.*, 1694). — 4. Cet emploi libre du participe (pendant que vous m'écoutez) n'est plus correct de nos jours; mais si l'on sait que *votre âme* signifie *vous-même*, cet emploi ne paraîtra plus aussi libre. — 5. « Il signifie aussi étonné, troublé » (*Acad.*, 1694). — 6. A qui tout a réussi. Ce terme est-il ironique ou admiratif? — 7. « Se prend figurément pour la dignité [...] qu'une personne occupe dans le monde » (*Acad.*, 1694). — 8. L'ordre de ces trois termes n'est pas fortuit : chacun d'eux est la conséquence du précédent. — 9. Digne de pitié. — 10. « Pour marquer toutes les choses fâcheuses qui peuvent être comparées à un poids » (*Acad.*, 1694). — 11. Au sens astrologique : la destinée. — 12. « Il signifie aussi l'aspect des astres : le regard bénin de Jupiter » (*Acad.*, 1694). — 13. Exagération du flatteur : Esther ne parlait que de « la moitié de la terre » (v. 84). — 14. Plus qu'une interrogation c'est un cri d'amertume. — 15. De peu de valeur : il y en avait tant dans l'empire persé ! D'où « abject » (*Acad.*, 1694). — 16. Progression des deux termes. — 17. Nouvelle flatterie : l'État, c'est Aman, sans qui le Roi ne serait plus roi. — 18. Question qui marque le peu d'importance du personnage. — 19. « Qui est en horreur » (*Acad.*, 1694). — 20. « Un ornement qui distingue un magistrat d'un autre » (*Acad.*, 1694). — 21. « Émus » (*Acad.*, 1694). — 22. « Se dit aussi pour marquer la forte application aux objets » (*Acad.*, 1694). — 23. « Sert à marquer quelque restriction » (*Acad.*, 1694).

Du palais cependant il assiège [1] la porte :
A quelque heure que j'entre, Hydaspe, ou que je
[sorte,
Son visage odieux m'afflige [2] et me poursuit ;
Et mon esprit troublé le voit encor la nuit.
Ce matin j'ai voulu devancer la lumière :
Je l'ai trouvé couvert d'une affreuse [3] poussière,
Revêtu de lambeaux [4], tout pâle. Mais son œil
440   Conservait sous la cendre encor le même orgueil.
D'où lui vient, cher ami, cette impudente audace ?
Toi, qui dans ce palais vois tout ce qui se passe,
Crois-tu que quelque voix ose parler pour lui ?
Sur quel roseau fragile a-t-il mis son appui ?

HYDASPE.   — Seigneur, vous le savez, son avis salutaire
Découvrit de Tharès le complot sanguinaire [5].
Le Roi promit alors de le récompenser.
Le Roi [6], depuis ce temps, paraît n'y plus penser.

---

1. Comme un ennemi. — 2. « Faire souffrir » (*Acad.*, 1694). — 3. Voir p. 48, n 5. — 4. Mardochée a déchiré ses vêtements en signe de deuil. — 5. Ces deux adjectifs accouplés à la rime ont l'air de chevilles : aucun d'eux n'ajoute rien au nom qu'il complète. — 6. Répétition intentionnelle : Hydaspe veut dire que, si « quelque voix » lui en reparle, le roi pourra bien y penser.

■■■

● **L'action** — Un nouvel élément : l'attitude de Mardochée en face d'Aman, et la haine qu'elle provoque chez le ministre. On peut prévoir que Mardochée sera exécuté à bref délai. Mais le rappel, par Hydaspe, du service rendu par Mardochée à Assuérus remet tout en question.

● **Les caractères** — HYDASPE est le parfait courtisan, au courant de tout ce qui se passe dans le palais ; il sait flatter les gens en place ; il garde le souvenir des événements qui peuvent influer sur la destinée des hommes ; il est cependant prudent et mystérieux en ses déductions. AMAN. Un mot peut définir son caractère, c'est un parvenu ; il en a l'orgueil : il étale fièrement ses titres et ses dignités ; il s'attache plus aux marques extérieures de son pouvoir qu'à ce pouvoir même ; l'attitude de Mardochée exerce sur son orgueil une action déprimante, lui fait oublier tous les respects dont il est l'objet : il en vient à perdre la notion des choses et à tomber dans un état d'obsession voisin de la dépression nerveuse. Mais ce parvenu ne semble pas encore tout à fait habitué à sa grandeur : d'où ses hésitations quand Hydaspe l'introduit dans la salle du trône ; un patricien de vieille race l'eût trouvé tout naturel.
MARDOCHÉE nous est dépeint comme un monstre d'orgueil : mais, pour nous qui connaissons l'envers des cartes, son attitude n'est que la conséquence de sa foi (un Juif ne se prosterne que devant Dieu ou son représentant) et de son patriotisme (un Juif méprise l'Amalécite qu'est Aman).

■■■

AMAN. — Non, il faut à tes yeux dépouiller [1] l'artifice [2].
450 J'ai su de mon destin corriger l'injustice.
Dans les mains [3] des Persans jeune enfant apporté,
Je gouverne l'Empire où je fus acheté [4].
Mes richesses des rois [5] égalent l'opulence [6].
Environné [7] d'enfants, soutiens de ma puissance [8],
Il ne manque à mon front que le bandeau royal.
Cependant, des mortels aveuglement fatal!
De cet amas [9] d'honneurs la douceur passagère
Fait sur mon cœur à peine une atteinte [10] légère ;
Mais Mardochée, assis aux portes du palais,
460 Dans ce cœur malheureux enfonce mille traits ;
Et toute ma grandeur me devient insipide [11],
Tandis que [12] le soleil éclaire ce perfide [13].

HYDASPE. — Vous serez de sa vue affranchi dans dix jours :
La nation entière est promise aux vautours [14].

AMAN. — Ah! que ce temps est long à mon impatience!
C'est lui, je te veux bien confier [15] ma vengeance,
C'est lui qui, devant moi refusant de ployer [16],
Les a livrés au bras qui les va foudroyer [17].
C'était trop peu pour moi d'une telle victime :
470 La vengeance trop faible attire un second crime [18].
Un homme tel qu'Aman, lorsqu'on l'ose irriter,
Dans sa juste fureur ne peut trop éclater.
Il faut des châtiments dont l'univers frémisse ;
Qu'on tremble en comparant l'offense et le supplice ;
Que les peuples entiers dans le sang soient noyés.
Je veux qu'on dise un jour aux siècles [19] effrayés :
« Il fut des Juifs, il fut une insolente race ;
Répandus sur la terre, ils en couvraient la face ;
Un seul osa d'Aman attirer le courroux,
480 Aussitôt de la terre ils disparurent tous. »

1. « Se défaire entièrement d'une passion » (*Dict. de l'Acad.*, 1694). — 2. Voir p. 48, n. 7. — 3. C'est le degré extrême de la subordination : il n'était qu'une chose, que l'on tient *dans les mains*. — 4. Les termes qui sont aux extrémités du vers ont leur valeur renforcée par l'opposition. — 5. La richesse *des rois* de l'Orient était proverbiale. — 6. « Abondance de biens » (*Acad.*, 1694). — 7. N'est pas l'équivalent de : entouré; pour les personnes, le verbe implique une nuance de respect: Aman est donc bien un chef de famille vénéré. — 8. A un double titre : ce sont des auxiliaires éventuels, voire des soldats dévoués; ils assurent aussi la pérennité de la race, et donnent à sa puissance un certain caractère d'éternité. — 9. Terme méprisant. — 10. Impression. — 11. Sans saveur. — 12. Aussi longtemps que. — 13. Mardochée est traître à son devoir de sujet, et même d'esclave qui doit honorer son maître. — 14. Au sens propre, puisque les Juifs seront privés de sépulture. — 15. Faire confidence de. — 16. « *Ployer* signifie plier, dans le sens de courber, fléchir, mais il n'est plus guère en usage » (*Acad.*, 1694). — 17. Image admirable : elle peint bien l'homme. — 18. Si ma vengeance n'était pas exorbitante, Mardochée trouverait un jour des imitateurs. — 19. La vengeance d'Aman est projetée jusqu'à l'éternité.

HYDASPE.   — Ce n'est donc pas, Seigneur, le sang[1] amalécite
                Dont la voix à les perdre[2] en secret vous excite ?

AMAN.   — Je sais que, descendu de ce sang malheureux,
                Une éternelle haine a dû[3] m'armer contre eux ;
                Qu'ils firent d'Amalec un indigne carnage ;
                Que, jusqu'aux vils troupeaux, tout éprouva leur
                                           [rage ;
                Qu'un déplorable reste à peine fut sauvé.
                Mais, crois-moi, dans le rang où je suis élevé,
                Mon âme, à ma grandeur tout entière attachée,
    490   Des intérêts du sang est faiblement touchée.
                Mardochée est coupable, et que faut-il de plus ?

---

1. Voir p. 60, n. 11. — 2. Faire périr. — 3. Passé composé expliqué souvent comme un latinisme (le parfait des verbes de « pouvoir, convenance et obligation » exprimant l'irréel). Mais, dans le système des temps du français, le passé composé de ces mêmes verbes, marquant l'aspect « achevé » de l'action, exprime par référence au présent un irréel qui, dans la langue contemporaine, se met au passé du conditionnel : il *a dû m'armer*, mais il ne l'a pas fait et il ne m'arme pas encore ; de nos jours : aurait dû m'armer.

● **Les origines d'Aman** — La Bible ne dit pas qu'Aman fut jadis esclave : ce détail a été imaginé par Racine. Le fait a cependant beaucoup de vraisemblance, aussi bien dans le monde oriental et dans la perspective biblique, que dans le monde romain : l'histoire de Joseph, celle de Daniel, et celles de tous les affranchis qui gouvernèrent pratiquement sous le nom de certains empereurs romains, ont incité Racine à l'imaginer. Ce détail donne plus de relief à la personnalité d'Aman : il a escaladé tous les degrés de l'échelle sociale, c'est donc un homme de valeur ; mais sa chute n'en paraîtra que plus dramatique.

● **Vers 455** — On lit, au *Livre d'Esther* : « Mais Aman, fils d'Amadath Bugée, avait été élevé par le roi en grande gloire, et il voulut perdre Mardochée et son peuple à cause de ces deux eunuques du roi qui avaient été tués » (12, 6). On peut se demander si Aman n'aurait pas trempé dans le complot, pour ravir le trône à Assuérus.

① **Vers 465-480.** Recherchez comment est exprimée la montée de plus en plus violente de la colère d'Aman : images ; passage du style indirect au style direct ; redoublement de termes ; place des mots dans le vers, le tout s'achevant sur une vision épique.

● **Les sources** — (T) V. 456-7. *Et tous les serviteurs du roi qui étaient à la porte du palais, fléchissaient les genoux devant Aman* [...] *Il n'y avait que Mardochée qui ne fléchissait point les genoux devant lui* (Esther, 3, 2). — Autre texte : V. 469. *Voulant punir Mardochée, il pensa que c'était trop peu de chose que de réclamer au roi son supplice, mais il décida à part lui de détruire complètement la race juive. En effet, il était héréditairement ennemi des Juifs, parce que le peuple amalécite, dont il descendait, avait été anéanti par eux* (Fl. Josèphe, *Ant. Jud.*, 11, 6, 5).

Je prévins [1] donc contre eux l'esprit d'Assuérus :
J'inventai des couleurs [2] ; j'armai la calomnie ;
J'intéressai [3] sa gloire ; il trembla pour sa vie [4].
Je les peignis puissants, riches, séditieux [5] ;
Leur dieu même, ennemi de tous les autres dieux [6].
« Jusqu'à quand souffre [7]-t-on [8] que ce peuple
[respire,
Et d'un culte profane infecte [9] votre Empire ?
Étrangers dans la Perse, à nos lois opposés,
500 Du reste des humains ils semblent divisés [10],
N'aspirent qu'à troubler le repos où nous sommes,
Et, détestés partout, détestent tous les hommes.
Prévenez, punissez leurs insolents efforts ;
De leur dépouille enfin grossissez vos trésors. »
Je dis, et l'on me crut. Le Roi, dès l'heure même,
Mit dans ma main le sceau de son pouvoir suprême.
« Assure, me dit-il, le repos de ton Roi ;
Va, perds ces malheureux : leur dépouille est à toi. »
Toute la nation fut ainsi condamnée.
510 Du carnage avec lui je réglai [11] la journée.
Mais de ce traître enfin le trépas différé
Fait trop souffrir mon cœur de son sang altéré.
Un je ne sais quel [12] trouble empoisonne ma joie.
Pourquoi dix jours encor faut-il que je le voie ?

HYDASPE.   — Et ne pouvez-vous pas d'un mot l'exterminer ?
Dites au Roi, Seigneur, de vous l'abandonner.

AMAN.   — Je viens pour épier [13] le moment favorable.
Tu connais comme moi ce prince inexorable.
Tu sais combien terrible en ses soudains trans-
[ports,
520 De nos desseins souvent il rompt tous les ressorts [14].
Mais à me tourmenter ma crainte est trop subtile :
Mardochée à ses yeux est une âme trop vile [15].

---

1. Voir p. 58, n. 10. — 2. *Inventer* « se prend quelquefois pour une raison apparente dont on se sert pour couvrir et pallier quelque mensonge, ou quelque mauvaise action, afin de persuader ce qu'on désire » (*Dict. de l'Acad.*, 1694). — 3. Intéresser : « toucher de quelque passion » (*Acad.*, 1694). — 4. Remarquer la structure symétrique de ces deux vers : 3 + 3 + 2 + 4 ; 4 + 2 + 3 + 3. — 5. Aman dose ses effets : il excite la jalousie, l'envie, la crainte. — 6. Ce reproche est fondé : le Dieu d'Israël est *jaloux* (v. 342). — 7. On attendrait le futur, et le présent ne se justifie que par le souci d'Aman de donner plus de relief à son propos et en faisant sentir l'actualité. Noter la force de ce terme pour : supporter. — 8. Aman n'ose pas encore s'adresser directement au roi à la deuxième personne : il veut voir l'effet de ses paroles. — 9. Infecter : corrompre par contagion ; le terme est méprisant. — 10. *Diviser* : « mettre en discorde » (*Acad.*, 1694) ; *ils semblent* en discorde avec le reste des humains. — 11. Régler : « décider une chose d'une certaine façon qui soit ferme et stable » (*Acad.*, 1694). — 12. Ce n'est pas un latinisme (*nescio quis*) mais la traduction d'une impression indéfinissable. — 13. Voilà qui en dit long sur les méthodes d'Aman. — 14. Voir p. 52, n. 3. — 15. Voir p. 72, n. 15.

HYDASPE. — Que [1] tardez-vous ? Allez, et faites promptement
Élever de sa mort le honteux instrument.

AMAN. — J'entends du bruit ; je sors. Toi, si le Roi m'appelle...

HYDASPE . — Il suffit [2].

SCÈNE II. — ASSUÉRUS, HYDASPE, ASAPH, SUITE D'ASSUÉRUS.

ASSUÉRUS. — Ainsi donc, sans cet avis fidèle [3],
Deux traîtres dans son lit assassinaient leur roi ?
Qu'on me laisse, et qu'Asaph seul demeure avec moi.

---

1. Pourquoi. — 2. Formule éloquente en sa concision : les deux compères sont d'accord.
— 3. A un double titre : l'avis s'est révélé exact, et celui qui l'a donné a été fidèle à son roi.

● **L'action** — Mardochée est maintenant directement menacé, Aman a précisé ses projets ; l'arrivée du roi va permettre, à bref délai, pense-t-il, de les réaliser. Cependant, la préoccupation actuelle du roi ne semble pas de nature à les favoriser dans l'immédiat.
L'antisémitisme d'Aman — Les reproches qu'Aman fait officiellement aux Juifs sont essentiellement les suivants : *a)* Ils sont les adversaires de la religion officielle ; *b)* Ils forment un corps à l'intérieur de la nation et hostile à l'État ; *c)* Ayant leur loi propre, ils sont les ennemis des lois générales et de la société.
Ce sont, en gros, les griefs que leur ont adressés tous leurs ennemis : voir des ouvrages comme *la France juive* de Drummont et tous les textes issus de la propagande nazie. Il est à noter que ces mêmes griefs ont été adressés aux chrétiens par les Romains et furent à l'origine des persécutions ; d'ailleurs, quand Tacite parle de chrétiens ou de Juifs, il n'est pas très facile de savoir s'il les distingue.

① Vers 491-504. Montrez comment l'ardeur et le cynisme d'Aman sont rendus par le mouvement de la phrase et le rythme des vers.

● **Le caractère d'Assuérus** apparaît dans les propos d'Aman : c'est un homme violent, qui se laisse emporter au gré de ses impulsions ; il excelle à déjouer les prévisions de son entourage qui en est sans cesse déconcerté ; le tout, sur un fond de majesté souveraine, qui se manifeste dès les premiers mots qu'il prononce en entrant.

● **Les sources** — (T) V. 497-502 : *Et Aman dit au roi Assuérus : Il y a un peuple dispersé dans toutes les provinces de votre royaume, divisé d'avec lui-même, qui a des lois et des cérémonies toutes nouvelles, et qui de plus méprise les ordonnances du roi. Et vous savez fort bien qu'il est de l'intérêt de votre royaume de ne pas souffrir que la licence le rende encore plus insolent* (Esther, 3, 8). — V. 503-508 : *Ordonnez donc, s'il vous plaît, qu'il périsse ; et je paierai aux trésoriers de votre épargne dix mille talents.— Alors le roi tira de son doigt l'anneau dont il avait accoutumé de se servir et le donna à Aman fils d'Aamadath, de la race d'Agag, ennemi des Juifs* (Esther, 3, 9-10).

Scène III. — ASSUÉRUS, ASAPH.

ASSUÉRUS, *assis sur son trône.*

   — Je veux bien [1] l'avouer [2] : de ce couple perfide
  530 J'avais presque oublié l'attentat parricide [3] ;
   Et j'ai pâli deux fois [4] au terrible [5] récit
   Qui vient d'en retracer l'image à mon esprit.
   Je vois de quel succès [6] leur fureur [7] fut suivie,
   Et que dans les tourments ils laissèrent la vie ;
   Mais ce sujet zélé qui, d'un œil si subtil [8],
   Sut de leur noir [9] complot développer le fil,
   Qui me montra sur moi leur main déjà levée,
   Enfin par qui la Perse avec moi fut sauvée [10],
   Quel honneur pour sa foi, quel prix a-t-il reçu [11] ?

ASAPH. — 540 On lui promit beaucoup : c'est tout ce que j'ai su.

ASSUÉRUS. — O d'un si grand service oubli trop condamnable !
   Des embarras du trône effet inévitable !
   Des soins tumultueux un prince environné
   Vers de nouveaux objets est sans cesse entraîné.
   L'avenir l'inquiète, et le présent le frappe [12] ;
   Mais plus prompt que l'éclair, le passé nous
             [échappe ;
   Et de tant de mortels [13], à toute heure empressés
   A nous faire valoir leurs soins intéressés,
   Il ne s'en trouve point qui, touchés d'un vrai zèle,
  550 Prennent à notre gloire un intérêt fidèle [14],
   Du mérite oublié nous fassent souvenir,
   Trop prompts à nous parler de ce qu'il faut punir.
   Ah ! que plutôt l'injure échappe à ma vengeance
   Qu'un si rare bienfait à ma reconnaissance !
   Et qui voudrait jamais s'exposer pour son roi ?
   Ce mortel qui montra tant de zèle pour moi,
   Vit-il encore ?

ASAPH. —   Il voit l'astre qui vous éclaire [15].

---

1. Voir le v. 466. — 2. « Demeurer d'accord » d'une chose (*Dict. de l'Acad.*, 1694). — 3. Primitivement, un parricide est celui qui tue son père ; s'applique à l'assassinat du roi puisque le roi est le père de son peuple. — 4. Assuérus veut dire que l'impression qu'il a ressentie à la lecture de ce récit fut plus grande du fait qu'il avait perdu la chose de vue, et oublié ainsi que les rois sont exposés à de tels attentats. — 5. Au sens propre, « qui donne la terreur » (*Acad.*, 1694) : les manifestations physiques des émotions tiennent une grande place dans l'expression des sentiments, chez les Classiques. — 6. Résultat. — 7. Folie furieuse. — 8. « Se dit figurément des sens de la vue et de l'ouïe quand ils font promptement leur opération » (*Acad.*, 1694) ; l'*œil* est le symbole de l'intelligence. — 9. « Méchant et lâche » (*Acad.*, 1694). — 10. Assuérus s'identifie à la Perse. — 11. *Honneur* et *prix* s'opposent : il s'agit de récompenser des mérites d'ordre différent. — 12. Le vers oppose les soucis aux impressions actuelles. — 13. C'est un roi qui parle. — 14. Sincère. — 15. Formule naturelle chez un homme adorateur de la lumière ; voir la lumière était d'ailleurs considéré comme un grand bienfait par tous les Anciens.

ASSUÉRUS. — Et que [1] n'a-t-il plus tôt demandé son salaire [2] ?
Quel pays reculé le cache à mes bienfaits ?
ASAPH. —[560] Assis le plus souvent aux portes du palais,
Sans se plaindre de vous ni de sa destinée,
Il y traîne, Seigneur, sa vie infortunée.
ASSUÉRUS. — Et je dois d'autant moins oublier la vertu [3]
Qu'elle-même s'oublie. Il se nomme, dis-tu ?
ASAPH. — Mardochée est le nom que je viens de vous lire.
ASSUÉRUS. — Et son pays ?
ASAPH. — Seigneur, puisqu'il faut vous le dire,
C'est un de ces captifs à périr destinés,
Des rives du Jourdain sur l'Euphrate amenés [4].

---

1. Voir le v. 523. — 2. « Récompense, paiement pour travail ou pour service » (*Dict. de l'Acad.*, 1694) : ce terme n'a donc pas forcément une valeur dépréciative. — 3. Valeur : en latin *virtus*, ce qui distingue l'homme (*vir*). — 4. Périphrase un peu recherchée; mais les fleuves n'étaient-ils pas le seul repère vraiment pratique qui permit aux Anciens de situer les lieux? Voir, dans les œuvres de César, le rôle des fleuves.

● **L'action** — Le roi poursuit son enquête sur Mardochée ; ses intentions se précisent : il veut le récompenser, et il le veut d'autant plus que son sauveur n'a rien demandé. Nous pouvons donc prévoir que les projets d'Aman seront déjoués, au moins dans l'immédiat, ce qui laissera à Esther le temps d'intervenir auprès du roi pour sauver le peuple d'Israël : la course de vitesse sera vraisemblablement gagnée par Esther.

● **Les caractères** — ASSUÉRUS nous apparaît sous un jour nouveau : les réflexions qu'il fait sur les difficultés de l'exercice du pouvoir, les injustices que commet fatalement un roi que l'actualité accapare, au point de l'empêcher de réfléchir au passé, contrastent avec l'impulsivité que lui prêtent Aman et Hydaspe.

① Recherchez dans l'actualité l'explication de ce contraste : le portrait de Louis XIV ; les conseils que Racine se croit permis de donner au roi.

ASAPH est un courtisan prudent : il observe devant son roi une prudence exemplaire, s'abstenant de prendre parti pour ou contre qui que ce soit ; cependant, son attitude à l'égard de Mardochée n'est pas malveillante : il met même l'accent sur la discrétion du sauveur du roi, discrétion qui est très agréable à Assuérus.

MARDOCHÉE s'enrichit d'un trait nouveau : la dignité avec laquelle il réagit à l'ingratitude du roi : c'est le croyant qui sait bien qu'il ne trouvera sa récompense qu'en Dieu.

● **Les sources** — V. 540 : *Ce que le roi ayant entendu, il dit : Quel honneur et quelle récompense Mardochée a-t-il reçus pour cette fidélité qu'il m'a témoignée ? Ses serviteurs et ses officiers lui dirent : Il n'en a reçu aucune récompense* (Esther, 6, 3). — V. 568 : *Lorsqu'il* (Nabuchodonosor) *emmena Jéchonias, fils de Joakim, roi de Juda, à Babylone, et avec lui toutes les personnes les plus considérables de Juda et de Jérusalem* (Jérémie, 27, 20).

ASSUÉRUS.   — Il est donc Juif ? O Ciel [1] ! Sur le point que [2] la vie
570   Par mes propres sujets m'allait être ravie [3],
    Un Juif rend par ses soins [4] leurs efforts impuis-
                           [sants [5] ?
    Un Juif [6] m'a préservé du glaive [7] des Persans ?
    Mais, puisqu'il m'a sauvé, quel qu'il soit, il n'im-
                              [porte [8].
    Holà ! quelqu'un [9].

Scène IV. — ASSUÉRUS, HYDASPE, ASAPH.

HYDASPE.   —   Seigneur ?
ASSUÉRUS.   —   Regarde à cette porte.
    Vois s'il s'offre à tes yeux quelque grand de ma cour.
HYDASPE.   — Aman à votre porte a devancé le jour.
ASSUÉRUS.   — Qu'il entre. Ses avis m'éclaireront peut-être.

Scène V. — ASSUÉRUS, AMAN, HYDASPE, ASAPH.

ASSUÉRUS.   — Approche, heureux [10] appui du trône de ton maître,
    Ame de mes conseils, et qui seul tant de fois
580   Du sceptre [11] dans ma main as soulagé le poids.
    Un reproche [12] secret embarrasse mon âme.
    Je sais combien est pur le zèle qui t'enflamme [13] :
    Le mensonge jamais n'entra dans tes discours,
    Et mon intérêt seul est le but où tu cours.
    Dis-moi donc : que doit faire un prince magnanime [14]
    Qui veut combler d'honneurs un sujet qu'il estime ?
    Par quel gage éclatant et digne d'un grand roi,
    Puis-je récompenser le mérite et la foi [15] ?
    Ne donne point de borne à ma reconnaissance :
590   Mesure tes conseils sur ma vaste puissance.

---

1. Cri de surprise : Assuérus ne s'attendait pas à ce qu'un esclave eût sauvé son persécuteur. — 2. Au moment précis où ; cette locution n'indique pas un futur prochain. — 3. Ce terme implique une action violente et subreptice. — 4. Le *soin* est la « sollicitude » (*Dict. de l'Acad.*, 1694) que l'on a pour quelqu'un ; les *soins* sont les actes qui concrétisent cette sollicitude. — 5. A la rime, cet attribut de l'objet prend une valeur plus forte ; la périphrase est plus expressive qu'un verbe simple comme *détruit*. — 6. La répétition de ce mot marque qu'Assuérus n'est pas encore revenu de sa surprise. Noter l'opposition des deux noms, placés aux deux extrémités du vers. — 7. Terme noble pour désigner toute sorte d'armes blanches : « Il est vieux » (*Acad.*, 1694). — 8. « On dit aussi absolument, pour montrer qu'on ne se soucie pas de quelque chose qu'on dit : n'importe » (*Acad.*, 1694) ; l'emploi du pronom sujet donne un ton plus relevé à l'expression. — 9. Façon de parler un peu désinvolte : il est vrai qu'Assuérus n'a que des subordonnés ; Louis XIV passe pour avoir été, toute sa vie, d'une politesse exquise. — 10. Dont je me félicite. — 11. Symbole du pouvoir. — 12. « Ce qu'on objecte à une personne [...] pour lui faire honte » (*Acad.*, 1694). — 13. Métaphore d'origine religieuse. — 14. « Qui a l'âme grande et élevée » (*Acad.*, 1694). — 15. Fidélité.

AMAN, *tout bas.*

— C'est pour toi-même, Aman, que tu vas prononcer ;
Et quel autre que toi peut-on récompenser ?

ASSUÉRUS. — Que penses-tu [1] ?

AMAN. — Seigneur, je cherche, j'envisage [2]
Des monarques persans la conduite [3] et l'usage [4].
Mais à mes yeux en vain je les rappelle tous :
Pour vous régler sur eux, que sont-ils près [5] de vous ?
Votre règne aux neveux doit servir de modèle.
Vous voulez d'un sujet reconnaître le zèle ;
L'honneur seul peut flatter un esprit généreux [6] :

---

1. Assuérus se demande ce que marmonne Aman ; il attendait une réponse plus prompte. —
2. « Se dit aussi de toutes les choses sur lesquelles on porte sa réflexion » (*Dict. de l'Acad.*,
1694). — 3. Aspect individuel. — 4. Aspect historique : la continuité de la tradition.
— 5. Nous dirions *auprès* qui signifie « en comparaison » (*Acad.*, 1694). — 6. « Qui a l'âme
grande et noble » (*Dict.* de Furetière, 1690).

■■■

● **L'action** — Assuérus poursuit son idée : ayant décidé de récompenser
Mardochée, il passe aux applications pratiques. On peut s'attendre à
un coup de théâtre quand Aman saura exactement de quoi il s'agit.

● **Les caractères** — Nous retrouvons l'ASSUÉRUS impulsif : sans dire
pourquoi il veut voir un de ses conseillers, il appelle. Son attitude à
l'égard d'Aman est assez ambiguë : on aurait pu imaginer qu'il aurait
mis Aman au courant du détail de l'affaire sur laquelle il le consulte ;
on peut penser qu'il agit ainsi pour s'assurer que son ministre lui
répondra avec toute l'impartialité voulue, et c'est pour cette raison qu'il
commence son propos en rappelant la fidélité qu'Aman lui a toujours
témoignée : le passé d'Aman l'engage. Il n'est pas impossible qu'il y
ait aussi, dans l'attitude d'Assuérus, une part de jeu : il s'amuse en
faisant définir la récompense qui revient à un Juif par le persécuteur des
Juifs. La générosité ostentatoire dont il fait preuve (v. 590) est bien
dans la ligne de son caractère orgueilleux ; elle correspond d'ailleurs à
ce qu'Hérodote nous apprend des rois de Perse, spécialement de Xerxès
(voir, par exemple, VII, 136 et 146).
AMAN est maintenant sûr de lui : les éloges que lui adresse son roi ont
fait disparaître de son âme toute sa mélancolie ; il est si sûr de lui qu'il
n'envisage même pas que le roi puisse avoir à récompenser quelqu'un
d'autre que lui : sa déconvenue n'en sera que plus grande.

① Il y a, dans la position d'Aman, une ironie du sort qui est déjà exprimée par le texte biblique : Racine est très sensible à ce genre de situations. Recherchez-en d'autres dans son œuvre.

● **Les sources** — V. 586 à 592 : *Aman étant entré, le roi lui dit : Que doit-
on faire pour honorer un homme que le roi désire combler d'honneurs?
Aman pensant en lui-même, et s'imaginant que le roi n'en voulait point
honorer d'autre que lui, lui répondit...* (Esther 6, 6-7).

■■■

600 Je voudrais donc, Seigneur, que ce mortel[1] heureux[2],
De la pourpre[3] aujourd'hui[4] paré comme vous-
[même,
Et portant sur le front le sacré[5] diadème[6],
Sur un de vos coursiers[7] pompeusement[8] orné[9],
Aux yeux de vos sujets dans Suse fût mené[10] ;
Que, pour comble[11] de gloire et de magnificence[12],
Un seigneur éminent[13] en richesse, en puissance[14],
Enfin de votre Empire après vous le premier,
Par la bride guidât son superbe[15] coursier ;
Et lui-même, marchant en habits magnifiques,
610 Criât à haute voix[16] dans les places publiques[17] :
« Mortels[18], prosternez-vous : c'est ainsi que le Roi
Honore le mérite et couronne la foi[19]. »

ASSUÉRUS. — Je vois que la sagesse elle-même t'inspire[20].
Avec mes volontés ton sentiment conspire[21].
Va, ne perds point de temps. Ce que tu m'as dicté,
Je veux de point en point qu'il[22] soit exécuté.
La vertu dans l'oubli ne sera plus cachée.
Aux portes du palais prends le Juif Mardochée :
C'est lui que je prétends[23] honorer aujourd'hui.
620 Ordonne[24] son triomphe, et marche devant lui.
Que Suse par ta voix de son nom retentisse,
Et fais à son aspect[25] que tout genou fléchisse.
Sortez tous.

AMAN. — Dieux !

---

1. S'oppose à *roi*. — 2. Qui a eu la bonne fortune (*heur*). — 3. Il s'agit ici, au sens propre, du manteau royal ; voir le v. 83. — 4. Restriction utile. — 5. Voir p. 48, n. 5. — 6. Voir le v. 76. — 7. Coursier : « Grand cheval de taille noble, propre pour les batailles et les tournois » (*Dict. de l'Acad.*, 1694). — 8. « Avec somptuosité » (*Acad.*, 1694). — 9. *Orner* « ne se dit que des choses qu'on ajoute à d'autres pour leur donner plus d'éclat » (*Acad.*, 1694). — 10. *Mener* : « conduire, guider » (*Acad.*, 1694) ; les suivants vont préciser quelle signification s'attache au rôle du guide. — 11. « Le dernier surcroît, le dernier point de quelque chose, particulièrement de l'honneur » (*Acad.*, 1694). — 12. « Somptuosité » (*Acad.*, 1694) : le roi fera vraiment une grande dépense d'honneurs. — 13. « Surpassant tous les autres » (*Acad.*, 1694). — 14. Ces deux termes forment couple, en ancien français : depuis le XVe siècle, ils sont nettement différenciés, mais on les accole volontiers encore. — 15. « Somptueux, magnifique » (*Acad.*, 1694). Noter le nombre de termes différents dont se sert Racine pour exprimer la même notion de « somptuosité ». — 16. Renforce *criât* à la façon d'un superlatif de manière. — 17. Là où le peuple se rassemble : en Orient, les crieurs publics font surtout leurs annonces dans les marchés. — 18. Celui que le roi veut honorer et son héraut échappent donc à la catégorie des simples *mortels* et sont, pour la circonstance, assimilés au roi lui-même. — 19. Fidélité. — 20. Construction parataxique qu'il faut entendre ainsi : la sagesse t'inspire *puisque* ton sentiment conspire... — 21. Conspirer : « Être unis d'esprit et de volonté pour quelque dessein bon ou mauvais » (*Acad.*, 1694). — 22. Le pronom neutre *il* n'est plus employé, de nos jours, que comme sujet des verbes impersonnels (sujet dit « apparent ») ; dans le cas présent, nous emploions *cela*. — 23. Prétendre : « avoir dessein » (*Acad.*, 1694). — 24. Ordonner : « disposer », mais aussi « commander » (*Acad.*, 1694) : les deux sens sont ici mélangés. — 25. « Vue, présence de quelqu'un » (*Acad.*, 1694).

SCÈNE VI. — ASSUÉRUS, *seul.*

ASSUÉRUS. — Le prix est sans doute inouï [1] :
Jamais d'un tel honneur un sujet [2] n'a joui.
Mais plus la récompense est grande et glorieuse,
Plus même de ce Juif la race est odieuse [3],
Plus j'assure [4] ma vie, et montre avec éclat
Combien Assuérus redoute d'être ingrat.
On verra l'innocent discerné [5] du coupable.
630 Je n'en [6] perdrai pas moins ce peuple abominable.
Leurs crimes...

---

1. On n'a jamais entendu parler de chose pareille. — 2. « Qui est sous la domination d'un prince » (*Dict. de l'Acad.*, 1694) : en fait, Assuérus a voulu que ces honneurs fussent quasi royaux. — 3. Voir le v. 301. — 4. Je mets en sécurité. — 5. Discerner : « distinguer une chose d'une autre ou en juger par comparaison » (*Acad.*, 1694). — 6. A cause du fait que j'aurai honoré *ce Juif.*

● **L'action** — Assuérus a mis son projet à exécution : Mardochée est, pour le moment, à l'abri des entreprises d'Aman ; mais nous devons penser que ce n'est que provisoire, que cet incident même va renforcer la haine du ministre, et qu'à son retour Aman se vengera : plus rien alors ne mettra Mardochée à l'abri, si Esther n'intervient à temps.

● **Les caractères** — AMAN a décrit avec soin la pompe qu'il croyait devoir être la sienne : son orgueil monstrueux s'est montré clairement ; il veut être le premier après le roi, sinon le roi même ; apprenant la vérité, il en est accablé et ne sait que pousser un cri qui est à la fois de douleur et de rage. D'ailleurs, Assuérus ne lui laisse pas le loisir d'exprimer ses sentiments.

① Montrez que l'effet dramatique est accru par le fait que la scène se termine sur un vers inachevé : le roi reste seul, figé dans une attitude majestueuse, et chasse tous ses officiers.

ASSUÉRUS montre de nouveau son caractère versatile : il honore Mardochée (et il s'amuse de la déconvenue d'Aman), mais il reste déterminé à l'envoyer à la mort avec tous les Juifs.

② Faut-il expliquer les incohérences du caractère du roi comme inspirées de l'antiquité (spécialement par le Xerxès d'Hérodote) ou comme un procédé qui mettra mieux en évidence le rôle de la grâce, lorsque ce monarque se conduira selon l'impulsion de Dieu ?

On peut se demander comment MARDOCHÉE a accueilli l'annonce du triomphe où il allait être mené : la Bible n'en dit rien, mais Flavius Josèphe, qui rapporte sans doute des traditions rabbiniques, nous dit que les choses se passèrent fort mal : *Mais Mardochée, qui ne savait pas la vérité, qui croyait qu'Aman se moquait de lui* : « O le plus scélérat de tous les hommes, *dit-il*, est-ce ainsi que tu as l'impudence de te moquer de nos malheurs ? » *Il fallut exciper de l'ordre du roi pour le convaincre.* (*Ant. Jud.*, 11, 6, 10).

Scène VII. — ASSUÉRUS, ESTHER, ÉLISE, THAMAR,
PARTIE DU CHŒUR.

(Esther entre, s'appuyant sur Élise; quatre Israélites soutiennent sa robe.)

ASSUÉRUS. —   Sans mon ordre on [1] porte ici ses
[pas?
Quel mortel [2] insolent [3] vient chercher [4] le trépas?
Gardes!... C'est vous, Esther? Quoi! sans être
[attendue [5]?

ESTHER. — Mes filles, soutenez votre Reine éperdue [6].
Je me meurs [7].
(Elle tombe évanouie.)

ASSUÉRUS. —   Dieux puissants! quelle étrange
[pâleur [8]
De son teint tout à coup efface [9] la couleur?
Esther, que craignez-vous? Suis-je pas [10] votre
[frère [11]?
Est-ce pour vous qu'est fait un ordre si sévère?
Vivez, le sceptre d'or que vous tend cette main,
640 Pour vous de ma clémence [12] est un gage certain.

ESTHER. — Quelle voix salutaire [13] ordonne que je vive,
Et rappelle en mon sein [14] mon âme fugitive [15]?

ASSUÉRUS. — Ne connaissez[16]-vous pas la voix de votre époux?
Encore un coup [17], vivez, et revenez à vous [18].

ESTHER. — Seigneur, je n'ai jamais contemplé qu'avec crainte
L'auguste [19] majesté sur votre front empreinte [20] :
Jugez combien ce front irrité contre moi
Dans mon âme troublée a dû jeter d'effroi.
Sur ce trône sacré, qu'environne la foudre,
650 J'ai cru vous voir tout prêt à me réduire en poudre [21].
Hélas! sans frissonner, quel cœur audacieux

---

1. Pronom de valeur générale : Assuérus n'a même pas regardé qui venait. — 2. Voir le v. 600. — 3. « Trop hardi, qui perd le respect » (*Dict. de l'Acad.*, 1694). — 4. Car la mort est inévitable : c'est la loi. — 5. Le rythme de ce vers est savamment morcelé : 1 + 5 + 1 + 5; les deux hémistiches correspondent à deux stades de la surprise d'Assuérus : il reconnaît Esther, il se demande pourquoi elle vient. — 6. « Qui a l'esprit comme troublé par la crainte » (*Acad.*, 1694); il s'y ajoute, sans doute, un souvenir du sens de *perdre* : faire périr. — 7. Cette coupe du vers est naturelle : on ne s'évanouit à la fin de la tirade que dans les opéras de Quinault. La forme pronominale marque l'aspect ingressif du verbe : je commence à mourir. — 8. Voir le v. 531. — 9. C'est la traduction la plus exacte de la réalité : le teint s'altère progressivement. — 10. L'omission de *ne*, dans les interrogations négatives, est courante au XVIIᵉ siècle. — 11. Ce terme est dans la Bible : il marquait, chez les Orientaux, le degré de parenté le plus étroit ; Assuérus aime Esther comme si elle était issue du même sang que lui. — 12. Assuérus garde cependant une attitude majestueuse. — 13. Qui donne le *salut*. — 14. En moi; littéralement : à l'intérieur de mon corps. — 15. « Qui a été contraint de s'enfuir » (*Acad.*, 1694). — 16. Le verbe simple pour le composé : reconnaître. — 17. L'expression n'a rien de populaire, à l'époque de Racine. — 18. Reprenez votre état normal. — 19. Voir *le Prologue*, p. 48, v. 27. — 20. C'est le sceau que la majesté a imprimé sur son visage. — 21. Voir le v. 367.

Soutiendrait [1] les éclairs qui partaient de vos yeux ?
Ainsi du Dieu vivant [2] la colère étincelle...

ASSUÉRUS. — O soleil ! O flambeaux de lumière immortelle [3] !
Je me trouble moi-même, et sans frémissement [4]
Je ne puis voir sa peine et son saisissement [5].
Calmez, Reine [6], calmez [7] la frayeur qui vous
[presse.
Du cœur d'Assuérus souveraine maîtresse,
Éprouvez seulement son ardente amitié [8].
660   Faut-il de mes États vous donner la moitié ?

ESTHER. — Hé ! se peut-il qu'un Roi craint de la terre entière,
Devant qui tout fléchit et baise la poussière,
Jette sur son esclave un regard si serein [9],
Et m'offre sur son cœur un pouvoir souverain ?

---

1. Soutenir : « Résister à quelque chose dont il est difficile de se défendre » (*Acad.*, 1694).
— 2. Ce propos de Juive ne peut être compris d'Assuérus. — 3. L'invocation convient bien à un Persan : voir le v. 557. — 4. « Espèce d'émotion, de tremblement, qui vient de quelque passion violente » (*Acad.*, 1694). — 5. « L'impression que fait un grand déplaisir dont on est saisi » (*Acad.*, 1694). — 6. Mot important, qui rend à Esther tous ses droits. — 7. Répétition expressive. — 8. « Se dit quelquefois pour *amour* » (*Acad.*, 1694). — 9. « Qui n'est troublé par aucun nuage » (*Acad.*, 1694) : ce regard est comparé à un ciel pur.

● **L'action** entre dans une phase nouvelle : Esther vient plaider la cause de ses frères ; elle reçoit d'Assuérus un accueil affectueux. Nous pouvons donc prévoir que tous les Juifs, et spécialement Mardochée qui est menacé en ce moment, seront sauvés — à moins que le Roi n'estime que les problèmes de gouvernement sont de sa compétence exclusive.

● **Les caractères** — ESTHER est entrée en tremblant : elle connaît la loi ; de plus, elle jeûne depuis la veille et elle en est affaiblie. Son évanouissement est naturel, et quand elle revient à elle, elle n'ose croire à sa victoire, tant elle a conscience de son peu d'importance auprès du Roi. ASSUÉRUS est soudain métamorphosé par l'apparition d'Esther : au v. 634 il ne peut même achever sa phrase. Sans doute est-ce une marque de l'amour qu'il éprouve pour Esther. Son caractère excessif lui fait cependant faire à la reine des promesses exorbitantes (v. 660 ; il faut entendre : les revenus *de la moitié* de mes États).

● **Le jansénisme** — Relire, page 36, le texte de Saint Augustin (*Traité de la Grâce* ; traduction de Bossuet, citée par Orcibal). Cette action divine est déjà notée par Flavius Josèphe : *Mais le roi, par la volonté de Dieu à mon avis, changea de sentiment* (*Ant. Jud*, 11, 6, 9). Reconnaître l'action de la grâce n'est pas spécifiquement janséniste ; cette action s'insère cependant ici dans un ensemble de faits qui lui donne sa valeur : les Juifs seront sauvés par Assuérus parce que Dieu l'aura voulu, à la demande des croyants.

ASSUÉRUS. — Croyez-moi, chère Esther, ce sceptre [1], cet Empire,
Et ces profonds respects que la terreur inspire,
A leur pompeux [2] éclat mêlent peu de douceur [3],
Et fatiguent [4] souvent leur triste [5] possesseur.
Je ne trouve qu'en vous je ne sais quelle [6] grâce
670 Qui me charme toujours et jamais ne me lasse.
De l'aimable [7] vertu doux et puissants attraits [8]!
Tout respire en Esther l'innocence [9] et la paix.
Du chagrin le plus noir [10] elle écarte les ombres [11],
Et fait des jours sereins de mes jours les plus
[sombres.
Que dis-je? sur ce trône assis auprès de vous,
Des astres ennemis [12] j'en [13] crains moins le cour-
[roux,
Et crois que votre front prête à mon diadème
Un éclat qui le rend respectable aux Dieux même [14].
Osez [15] donc me répondre, et ne me cachez pas
680 Quel sujet important conduit ici vos pas.
Quel intérêt, quels soins vous agitent, vous
[pressent?
Je vois qu'en m'écoutant vos yeux au Ciel
[s'adressent.
Parlez: de vos désirs le succès est certain,
Si ce succès dépend d'une mortelle main.

ESTHER. — O bonté qui m'assure [16] autant qu'elle m'honore!
Un intérêt pressant [17] veut que je vous implore.
J'attends ou mon malheur ou ma félicité;
Et tout dépend, Seigneur, de votre volonté.
Un mot de votre bouche, en terminant [18] mes
[peines,
690 Peut rendre Esther heureuse entre toutes [19] les
[reines.

ASSUÉRUS. — Ah! que vous enflammez [20] mon désir curieux!

ESTHER. — Seigneur, si j'ai trouvé grâce devant vos yeux [21],
Si jamais à mes vœux vous fûtes favorable,
Permettez, avant tout, qu'Esther puisse à sa table

---

1. Voir p. 80, n. 11. — 2. D'une apparence magnifique. — 3. Ne produisent pas d'impressions agréables qui durent. — 4. Fatiguer : « importuner » (*Dict. de l'Acad.*, 1694). — 5. *Leur possesseur* qu'ils laissent *triste*. — 6. Voir le v. 513. — 7. Qui ne rebute pas et sait se faire aimer. — 8. Voir le v. 70. — 9. Voir le v. 122. — 10. Voir le v. 383. — 11. Ce terme renouvelle l'expression *noir chagrin*. — 12. Au sens astrologique : fâcheuse conjoncture astrale; c'est un Persan qui parle, et il est convaincu de l'influence des astres. — 13. Du fait que je suis *auprès de vous*. — 14. Texte (T) : *Quelque chose qui est bon même pour les immortels* (Théocrite, *Idylle*, 1). — 15. Ayez la hardiesse (sans idée défavorable). — 16. Nous dirions : rassure. — 17. « Qui ne donne pas le temps de différer » (*Acad.*, 1694). — 18. En mettant un terme à. — 19. Forme de superlatif de style biblique. — 20. Enflammer : « Donner de l'ardeur » (*Acad.*, 1694). — 21. Formule biblique : si je vous suis chère.

86

Recevoir aujourd'hui son souverain seigneur,
Et qu'Aman soit admis à cet excès [1] d'honneur.
J'oserai devant lui rompre ce grand silence,
Et j'ai, pour m'expliquer, besoin de sa présence.

ASSUÉRUS. — Dans quelle inquiétude, Esther, vous me jetez !
700 Toutefois qu'il soit fait comme vous souhaitez.
(A ceux de sa suite.)
Vous, que l'on cherche Aman ; et qu'on lui fasse
[entendre [2]
Qu'invité chez la Reine, il ait soin [3] de s'y rendre.

HYDASPE. — Les savants Chaldéens, par votre ordre appelés,
Dans cet appartement, Seigneur, sont assemblés.

ASSUÉRUS. — Princesse, un songe étrange occupe [4] ma pensée.
Vous-même en leur réponse êtes intéressée [5].
Venez, derrière un voile [6] écoutant leurs discours [7],
De vos propres clartés me prêter le secours.
Je crains pour vous, pour moi, quelque ennemi
[perfide.

ESTHER. –710 Suis-moi, Thamar. Et vous, troupe jeune et timide [8],
Sans craindre ici les yeux d'une profane [9] cour,
A l'abri de ce trône [10] attendez mon retour.

---

1. « Ce mot vaut presque autant à dire que *grandeur* » (*Dict.* de Richelet, 1680).
— 2. Qu'on lui explique bien que telle est ma volonté. — 3. Assuérus a donc bien conscience du mauvais tour qu'il a joué à Aman, et il pense que, vexé, celui-ci sera tenté de
rester chez lui. — 4. Occuper : « remplir » (*Dict. de l'Acad.*, 1694). — 5. Leur réponse vous
concerne. — 6. Les « voiles » jouent un grand rôle dans les cours orientales. — 7. Voir le
v. 387. — 8. Voir le prologue, v. 11. — 9. L'adjectif n'est pas forcément dépréciatif
ici : c'est une mise en garde, la Cour ayant d'autres habitudes que les jeunes filles du
Chœur. — 10. Protection morale.

● **L'action** ne marque aucun progrès réel ; mais on remarquera de quelle
façon Racine, par cette fin de scène, relie le présent au passé (l'interprétation du songe, la déconvenue d'Aman) et prépare l'avenir immédiat
(le départ d'Esther laisse le Chœur sous la conduite d'Élise et justifie
le chant qui termine l'acte) ainsi que l'avenir plus lointain (le danger
couru par Esther sera expliqué à la fin de la pièce).

● **Les caractères** — ASSUÉRUS est toujours un despote qui veut être obéi
(v. 701-702), mais ce tyran oriental devient un prince de roman.

① **Le style biblique.** — V. 692 : (T) *Si j'ai trouvé grâce devant le roi, et
s'il lui plaît de m'accorder ce que je demande et de faire ce que je désire*
(*Le Livre d'Esther*, 5, 8) ; mais Sacy traduit ailleurs (*Esther*, 2, 9) la
même expression (*invenire gratiam*) ainsi :« Esther lui plut et *lui agréa
beaucoup* ». Racine est resté fidèle à la lettre, qui lui a semblé plus
expressive ; en quoi ?

SCÈNE VIII. — ÉLISE, PARTIE DU CHŒUR.

(Cette scène est partie déclamée sans chant, et partie chantée.)

ÉLISE.   — *Que vous semble, mes sœurs, de* [1] *l'état où nous sommes ?*
            D'Esther, d'Aman, qui le [2] *doit emporter ?*
                Est-ce Dieu, sont-ces les hommes
                Dont [3] *les œuvres vont éclater* [4] *?*
            Vous avez vu quelle ardente [5] *colère*
        Allumait de ce roi le visage sévère [6].

UNE DES ISRAÉLITES.
            — *Des éclairs de ses yeux l'œil* [7] *était ébloui.*

UNE AUTRE. —[720] *Et sa voix m'a paru comme un tonnerre horrible* [8].

ÉLISE.   *Comment ce courroux si terrible*
                En un moment s'est-il évanoui ?

UNE DES ISRAÉLITES chante.
            — *Un moment a changé ce courage* [9] *inflexible.*
            Le lion rugissant est un agneau paisible [10].
            Dieu, notre Dieu sans doute, a versé [11] *dans son cœur*
                Cet esprit de douceur.

LE CHŒUR *chante.*
            — *Dieu, notre Dieu sans doute, a versé dans son cœur*
                Cet esprit de douceur.

LA MÊME ISRAÉLITE chante.
                — *Tel* [12] *qu'un ruisseau docile*
            [730] *Obéit à la main qui détourne son cours,*
            Et laissant de ses eaux partager le secours [13],
                Va rendre tout un champ fertile [14],
            Dieu, de nos volontés arbitre souverain,
            Le cœur des rois est ainsi dans ta main.

---

1. On retrouve, dans cette construction, le sens primitif de la préposition *de :* idée de provenance (au sujet de). — 2. L'expression *l'emporter* est déjà figée au XVIIᵉ s. ; *le* signifie sans doute : l'avantage ; pour la construction du pronom, voir le v. 155. — 3. Cette construction est très fréquente au XVIIᵉ s. : nous dirions : *est-ce de Dieu* ou des hommes que les.... — 4. « Briller, frapper les yeux » (*Dict. de l'Acad.*, 1694). — 5. « Qui est en feu [...] se dit encore figurément de toute passion violente, et de tout ce qui en est accompagné » (*Acad.*, 1694). — 6. « Rigide, qui exige une extrême régularité et pardonne peu ou point » (*Acad.*, 1694). — 7. Le pluriel exprime l'individualité (Assuérus) ; le singulier, la généralité (les jeunes filles) ; l'opposition stylistique est accentuée par la place de ces mots de part et d'autre de la coupe. — 8. Voir le v. 391 ; *horreur* se dit des choses qui excèdent l'ordinaire (*Acad.*, 1694). — Le *cœur* et les sentiments qui l'agitent. — 10. Comparaison biblique, naturelle chez un peuple d'origine pastorale. — 11. L'action personnelle de Dieu ne pouvait être exprimée avec plus de précision. — 12. Le procédé de la comparaison entièrement développée est courant dans la poésie hébraïque, mais aussi fréquent chez Homère, Pindare et Virgile. — 13. Deux sens interfèrent : le *cours* que l'on sépare et l'aide que ces *eaux* vont apporter aux terres où on les conduit. — 14. L'irrigation a toujours été d'actualité en Israël, elle l'est restée de nos jours.

ÉLISE.
> — *Ah! que je crains, mes sœurs, les funestes nuages*
> *Qui de ce prince obscurcissent les yeux!*
> *Comme il est aveuglé du culte de ses dieux!*

UNE ISRAÉLITE.
> — *Il n'atteste jamais que leurs noms odieux.*

UNE AUTRE.
> — *Aux feux inaminés dont se parent les cieux*
> 740 *Il rend de profonds hommages.*

UNE AUTRE.
> — *Tout son palais est plein de leurs images.*

LE CHŒUR *chante.*
> — *Malheureux! vous quittez* [1] *le maître des humains*
> *Pour adorer l'ouvrage de vos mains!*

UNE ISRAÉLITE *chante.*
> — *Dieu d'Israël, dissipe enfin cette ombre.*
> *Des larmes de tes saints* [2] *quand seras-tu touché* [3] *?*
> *Quand sera le voile arraché* [4]
> *Qui sur tout l'univers jette une nuit si sombre?*
> *Dieu d'Israël, dissipe enfin cette ombre:*
> *Jusqu'à quand seras-tu caché?*

---

1. L'emploi de ce verbe semble impropre : on ne *quitte* un dieu que si on l'a connu. — 2. Voir le v. 216. — 3 Voir la Préface, p. 43, l. 53. — 4. Cette tmèse nous paraît un peu rude : elle n'est pas rare dans la langue classique où le rapport entre le participe passé et le nom reste senti.

● **L'intervention du Chœur** (voir *l'Action*, p. 87) est justifiée sur le plan dramatique ; elle l'est aussi sur le plan psychologique. Restées seules avec Élise, les jeunes filles échangent leurs impressions sur les événements dont elles ont été les témoins : elles le font d'abord sans chanter, sur un mode déclamatoire que dans la tragédie grecque on appelle la *quasi-récitation*, qui n'est pas le dialogue et n'est pas encore le chant ; le sujet les emporte, ensuite, et les entraîne vers le lyrisme et le chant proprement dit ; il est probable que la partie non-chantée de ce chœur devait être soutenue par un récitatif de clavecin.

● **L'enchaînement des thèmes** est naturel : le Chœur est dans l'indécision ; la victoire d'Esther ne lui paraît pas assurée, du fait de l'idolâtrie d'Assuérus ; il faut donc que Dieu éclaire le Roi.

● **Les thèmes jansénistes** — Le revirement d'Assuérus n'est imputable qu'à Dieu lui-même ; la grâce fait de l'homme un être de douceur ; sans la grâce, l'homme ne peut même connaître le vrai Dieu.

● **Les sources** — (T) V. 743 : Ce thème est traité fréquemment par les écrivains de l'Ancien Testament et la chose est naturelle, du fait qu'Israël était pratiquement le seul peuple monothéiste de l'Orient ; il sert aux prophètes à fustiger les coupables ; il sert aussi aux croyants à affirmer leur foi, face aux païens. Rappelons toutefois qu'Israël succomba, lui aussi, au culte des « ouvrages de ses mains » : une des idoles les plus célèbres de l'histoire est bien le Veau d'Or.

UNE DES PLUS JEUNES ISRAÉLITES.

— [750] *Parlons plus bas, mes sœurs. Ciel! si quelque infidèle* [1],
Écoutant [2] *nos discours* [3], *nous allait* [4] *déceler* [5]*!*

ÉLISE. — *Quoi! fille d'Abraham* [6], *une crainte mortelle* [7]
Semble déjà vous faire chanceler [8]*?*
Hé! si l'impie Aman [9], *dans sa main homicide*
Faisant luire à vos yeux un glaive [10] *menaçant,*
A blasphémer [11] *le nom du Tout-Puissant*
Voulait forcer votre bouche timide?

UNE AUTRE ISRAÉLITE.

— *Peut-être Assuérus, frémissant* [12] *de courroux,*
[760]   *Si nous ne courbons les genoux*
Devant une muette [13] *idole,*
Commandera qu'on nous immole [14].
Chère sœur, que choisirez-vous?

LA JEUNE ISRAÉLITE.

— *Moi! je pourrais trahir le Dieu que j'aime?*
J'adorerais un dieu sans force et sans vertu [15],
Reste d'un tronc par les vents abattu,
Qui ne peut se sauver lui-même?

LE CHŒUR *chante.*

— *Dieux impuissants, dieux sourds, tous ceux qui vous*
[implorent
Ne seront jamais entendus.
Que les démons, et ceux qui les adorent,
[770]   *Soient à jamais détruits et confondus* [16].

UNE ISRAÉLITE *chante.*

— *Que ma bouche et mon cœur, et tout ce que je suis,*
Rendent honneur au Dieu qui m'a sauvé la vie.
Dans les craintes, dans les ennuis [17],
En ses bontés mon âme se confie.
Veut-il par mon trépas que je le glorifie?

---

1. « Qui n'a pas la vraie foi » (*Dict. de l'Acad.*, 1694). — 2. Malgré les assurances d'Esther, elle ne se sent pas en sécurité. — 3. Voir le v. 387. — 4. Périphrase qui marque l'éventualité. — 5. « Découvrir ce qui est caché. Il se dit aussi des personnes » (*Acad.*, 1694); il faut entendre : découvrir qui nous sommes, c'est-à-dire des Israélites. — 6. Le Père des croyants : c'est avec lui et sa descendance que Dieu fit alliance. — 7. La crainte de la mort. — 8. Ne pas demeurer ferme en sa foi; la foi ne doit pas, en effet, rester dans les âmes, elle doit s'affirmer publiquement. — 9. Voir le v. 313. — 10. Voir le v. 572; le caractère convenu de ce terme est corrigé par le verbe imagé *luire* qui introduit une note concrète dans l'emploi d'une arme assez symbolique. — 11. Prononcer des « paroles impies, contre l'honneur de Dieu » (*Acad.*, 1694) : par exemple, reconnaître la divinité des idoles. — 12. Frémir : « être ému avec quelque espèce de tremblement causé par [...] quelque passion » (*Acad.*, 1694). — 13. C'est la caractéristique essentielle des idoles, alors que Dieu parle à son peuple; dans l'Ancien Testament, le fait d'être muet de naissance est souvent considéré comme une punition de l'impiété des parents : l'homme seul parle dans la création ; si Dieu le prive de la parole c'est parce qu'il a failli. — 14. Qu'on nous mette à mort en l'honneur de ses divinités. — 15. « Efficacité » (*Acad.* 1694) : ce mot est expliqué par le v. 766. — 16. Confondre : « mettre en désordre, couvrir de honte » (*Acad.*, 1694). Les deux termes se complètent : l'image sera détruite l'idée même qu'on se faisait du dieu sombrera dans la honte. — 17. Voir le v. 89.

> *Que ma bouche et mon cœur, et tout ce que je suis,*
> *Rendent honneur au Dieu qui m'a donné la vie.*

ÉLISE.　　　— *Je n'admirai jamais la gloire de l'impie.*

UNE AUTRE ISRAÉLITE.

　　　　　— *Au bonheur du méchant qu'une autre porte envie.*

ÉLISE.　　—780　　　*Tous ses jours paraissent* [1] *charmants* [2];
> *L'or éclate* [3] *en ses vêtements;*
> *Son orgueil est sans borne ainsi que sa richesse* [4];
> *Jamais l'air n'est troublé de ses gémissements* [5];
> *Il s'endort, il s'éveille au son des instruments* [6];
> 　　　*Son cœur nage dans la mollesse* [7].

UNE AUTRE ISRAÉLITE.

　　　　　Pour comble de prospérité [8],
> *Il espère revivre en sa postérité;*
> *Et d'enfants à sa table une riante troupe*
> *Semble boire avec lui la joie à pleine coupe* [9].

---

1. Paraître : « être exposé à la vue, se manifester » (*Dict. de l'Acad.*, 1694). — 2. Plaisants comme si l'on avait usé d'un « art magique pour produire quelque effet extraordinaire » (*Acad.*, 1694). — 3. Voir le v. 234. — 4. Noter la position des deux noms; selon l'Écriture, la *richesse* engendre l'*orgueil*. — 5. Cris de douleur. — 6. Était-ce le summum du luxe? — 7. Alliance vigoureuse du concret et de l'abstrait, qui renouvelle l'expression. — 8. Voir le v. 454. — 9. Nouvelle alliance du concret et de l'abstrait : le vers précédent la rend spécialement heureuse.

---

① **Structure du Chœur** — Vous étudierez, dans cette scène, le *rôle d'Élise:* Elle se comporte comme le choryphée de la tragédie grecque ; à quatre reprises (v. 721, 735, 751, 778), elle provoque les réflexions des jeunes filles du Chœur, et leur donne ainsi l'occasion d'exprimer leurs sentiments ; c'est elle qui assure la véritable unité de ce chant.

● **Les sources** — (T) V. 767-770 : Les idoles des nations *ont des oreilles et n'entendront point — Et avec la gorge qu'elles ont, elles ne pourront crier. — Que ceux qui les font leur deviennent semblables, avec tous ceux qui mettent en elles leur confiance* (Psaume 113, 14-16 : division de la version de Sacy, qui n'est pas celle de la Vulgate). — V. 771-2 : *Que le Seigneur bénisse mon âme, et que tout ce qui est au-dedans de moi bénisse son saint nom — Puisque c'est lui qui vous pardonne toutes vos iniquités, et qui guérit toutes vos infirmités* (Ps. 102, 1 et 3). — V. 781-783 : *Leurs filles sont parées et ornées comme des temples. — Leurs fils sont comme de nouvelles plantes dans leur jeunesse. — Leurs celliers sont si remplis qu'il faut les vider les uns dans les autres. — Leurs brebis sont fécondes, et leur multitude se fait remarquer quand elles sortent ; leurs vaches sont grasses et puissantes. — Il n'y a point de brèche dans leurs murailles, ni d'ouverture par laquelle on puisse passer ; et on n'entend point de cris dans leurs rues. Ils ont appelé heureux le peuple qui possède tous ces biens ; mais plus qu'heureux est le peuple qui a le Seigneur pour son Dieu* (Ps. 143, 13-18 : ce psaume est celui de David marchant contre Goliath, il parle des « enfants des étrangers ».) — V. 787-9 : *Vos enfants seront tout autour de votre table comme de jeunes oliviers* (Ps. 127, 3) .

(Tout le reste est chanté.)

LE CHŒUR. — [790] *Heureux, dit-on* [1], *le peuple florissant* [2]
     Sur qui ces biens coulent [3] *en abondance!*
       Plus heureux le peuple innocent [4]
     Qui dans le Dieu du ciel a mis sa confiance!

UNE ISRAÉLITE, seule.
 —   *Pour contenter ses frivoles* [5] *désirs,*
     L'homme insensé vainement se consume [6] *:*
       Il trouve l'amertume [7]
       Au milieu des plaisirs.

UNE AUTRE, seule.
 — *Le bonheur de l'impie est toujours agité;*
   Il erre à la merci [8] *de sa propre inconstance* [9].
  [800]   *Ne cherchons la félicité*
     Que dans la paix de l'innocence.

LA MÊME, avec une autre.
 —   *O douce paix!*
       O lumière éternelle!
      Beauté toujours nouvelle!
  Heureux le cœur épris de tes attraits [10] *!*
       O douce paix!
       O lumière éternelle!
  Heureux le cœur qui ne te perd jamais!

LE CHŒUR. —   *O douce paix!*
  [810]   *O lumière éternelle!*
      Beauté toujours nouvelle!
       O douce paix!
  Heureux le cœur qui te ne perd jamais!

LA MÊME, seule.
 — *Nulle paix pour l'impie. Il la cherche, elle fuit* [11],
  Et le calme en son cœur ne trouve point de place [12].
   Le glaive au-dehors le poursuit;
   Le remords au-dedans le glace [13].

---

1. *On* désigne ici ceux qui ne partagent pas la foi d'Israël. — 2. Qui prospère, comme un arbre couvert de fleurs et qui produira beaucoup de fruits; le *Dict. de l'Acad.* (1694) ne donne pour ce mot que : « Qui est en honneur, en crédit, en vogue ». Racine devance ici l'usage linguistique. — 3. Quand Moïse envoya des éclaireurs pour « considérer la terre de Chanaan », ils revinrent en disant qu'en ce pays « *coulent* véritablement des ruisseaux de lait et de miel » (*Nombres*, 13, 28). — 4. Voir le v. 122 : il s'agit ici de ne point « pécher contre Dieu ». — 5. Ils n'ont « nulle solidité » (*Acad.*, 1694) en ce qu'ils négligent l'essentiel, servir Dieu. — 6. Consumer : « détruire, réduire à rien » (*Acad.*, 1694). — 7. « Se dit figurément et signifie : affliction » (*Acad.*, 1694); mais ici le sens primitif est toujours sous-jacent. — 8. Être à la merci de quelqu'un : « être à sa miséricorde, à sa discrétion » (*Acad.*, 1694). — 9. État de celui qui change toujours d'idées et de sentiments. Le bonheur de l'impie n'a donc aucune stabilité ; ce vers explique *agité* (v. 798) : c'est l'image de la barque ballottée sur les flots, inconstants par nature. — 10. Voir le v. 70. — 11. La première partie du vers, où il n'y a pas de verbe, contraste avec la seconde qui en comprend deux; le monosyllabe qui termine le vers laisse l'impression de quelque chose de définitif. — 12. Parce que *son cœur* est rempli de *frivoles désirs* (v. 794). — 13. L'image achève ce couplet d'une façon saisissante.

UNE AUTRE. — *La gloire* [1] *des méchants en un moment s'éteint.*
L'affreux [2] *tombeau pour jamais les dévore* [3].
[820] *Il n'en est pas ainsi de celui qui te craint* [4] :
Il renaîtra, mon Dieu, plus brillant que l'aurore [5].

LE CHŒUR. — *O douce paix!*
Heureux le cœur qui te ne perd jamais!

ÉLISE, *sans chanter.*
— Mes sœurs, j'entends du bruit dans la chambre
[prochaine.
On nous appelle : allons rejoindre notre Reine.

---

1. Le renom; mais voir aussi le v. 132. Les deux sens interfèrent dans la métaphore *s'éteint*. — 2. « Qui épouvante » (*Dict.* de Richelet, 1680). — 3. Au sens propre (*sarcophage* explicite ce sens) et aussi en ce qu'il n'aura pas la Vie éternelle. — 4. La crainte de Dieu est un sentiment essentiel dans l'Ancien Testament. — 5. Comparaison où se reflète toute la pureté et tout l'éclat du ciel de l'Orient.

---

① Établissez le plan de la sc. 8, d'après les trois idées essentielles : l'avenir est encore incertain ; nous défendrons notre foi, même au péril de notre vie ; gardons cependant notre confiance en Dieu qui seul peut nous donner la paix.

② Montrez dans quel ordre, à l'intérieur de ces trois parties, les sentiments, les réflexions et les descriptions se suivent, les unes découlant logiquement des autres.

● **L'action** — Cette scène n'est pas un intermède; la prière des jeunes Israélites est un des éléments qui amèneront un dénouement heureux : la prière des Saints est nécessaire pour que Dieu les sauve.

● **Les thèmes jansénistes** — Les deux délectations : aux douceurs de la terre s'opposent les attraits de la grâce. Le bonheur des méchants n'est qu'apparent : il est nécessaire pour augmenter le mérite des Justes qui souffrent sur la terre mais connaîtront dans l'éternité la Paix qui sera refusée aux réprouvés.

● **La fin de l'acte** — La consultation des savants chaldéens est terminée ; nous n'en savons pas le résultat. Sur le plan humain, un espoir nous est permis : Assuérus accordera peut-être à Esther la grâce de son peuple, si Aman ne parvient pas à rétablir ses positions. Sur le plan de la grâce, tout est possible ; mais les Justes auront-ils mérité leur salut?

● **Les sources** — (T) V. 816-7 : *L'épée les désolera au-dehors, et la frayeur au-dedans* (Deutéronome, 32, 25). — V. 819 : *Leurs sépulcres seront leurs maisons jusqu'à la consommation des siècles,* — *La mort les dévorera* (Ps. 48, 12 et 14).

● **Autres sources** — *Mais les méchants sont comme une mer toujours agitée, qui ne se peut calmer, et dont les flots vont se rompre sur le rivage avec une écume sale et boueuse* (Isaïe, 57, 20). *Il n'y a point de paix pour les méchants, dit le Seigneur notre Dieu* (Isaïe, 57, 21). *Le bruit en retentira jusqu'aux extrémités du monde ; parce que le Seigneur entre en jugement contre les nations : il se rend lui-même juge de tous les hommes. J'ai livré à l'épée les impies, dit le Seigneur* (Jérémie, 25, 31).

Costume de Melle RACHEL, rôle d'ESTHER.
dans la pièce de ce nom.

Th. Français.   Tragédie.

ACTE III

(Le théâtre représente les jardins d'Esther,
et un des côtés du salon [1] *où se fait le festin.)*

Scène première. — AMAN, ZARÈS.

ZARÈS.

— C'est donc ici d'Esther le superbe [2] jardin ;
Et ce salon pompeux [3] est le lieu du festin [4].
Mais tandis que la porte en est encor fermée,
Écoutez les conseils d'une épouse alarmée.
830 Au nom du sacré [5] nœud [6] qui me lie avec vous,
Dissimulez, Seigneur, cet aveugle [7] courroux ;
Éclaircissez [8] ce front où la tristesse est peinte :
Les rois craignent surtout [9] le reproche et la plainte.
Seul entre tous les grands par la Reine invité,
Ressentez [10] donc aussi cette félicité.
Si le mal vous aigrit, que le bienfait vous touche [11].
Je l'ai cent fois appris de votre propre bouche :
Quiconque ne sait pas dévorer [12] un affront,
Ni de fausses couleurs [13] se déguiser [14] le front,
840 Loin de l'aspect [15] des rois qu'il s'écarte, qu'il fuie.
Il est des contretemps [16] qu'il faut qu'un sage
                                          [essuie.
Souvent avec prudence un outrage enduré [17]
Aux honneurs les plus hauts a servi de degré [18].

AMAN.

— O douleur ! ô supplice affreux [19] à la pensée !
O honte, qui jamais ne peut être effacée !
Un exécrable [20] Juif, l'opprobre [21] des humains,
S'est donc vu de la pourpre habillé par mes mains ?
C'est peu qu'il ait sur moi remporté la victoire ;
Malheureux, j'ai servi de héraut à sa gloire.

---

1. « Pièce d'un appartement qui est beaucoup plus exhaussée [plus haute de plafond] que les autres, et qui est ordinairement cintrée et enrichie d'ornements d'architecture et de peinture » (*Dict. de l'Acad.*, 1694). — 2. Voir le v. 608. — 3. Voir le v. 277. — 4. Repas de fête. — 5. Voir le *Prologue*, p. 48, v. 34. — 6. Cette idée est plus chrétienne que persane. — 7. « Se dit figurément de ceux à qui la passion offusque l'entendement » (*Acad.*, 1694). — 8. Rendez-lui sa clarté en effaçant *la tristesse* qui l'obscurcit. — 9. « Plus que toute autre chose » (*Acad.*, 1694). — 10. Ressentir : « sentir fortement » (*Acad.*, 1694). — 11. Voir la Préface, p. 43, l. 53. — 12. Avaler rapidement (pour garder l'image). — 13. « Prétexte, apparence » (*Acad.*, 1694). — 14. Le verbe reprend l'image sous-jacente dans *couleurs*. — 15. Voir le v. 622. — 16. Litote, pour *orages* : on *essuie* un orage, une tempête. — 17. « Supporté avec patience » (*Acad.*, 1694). — 18. Le mot achève l'image commencée avec *hauts*. — 19. « Qui épouvante » (*Dict.* de Richelet, 1680). — 20. « Dont on doit avoir horreur » (*Acad.*, 1694). — 21. Qui « fait honte au genre humain » (*Acad.*, 1694).

850 Le traître! Il insultait à ma confusion ;
Et tout le peuple même avec dérision [1],
Observant la rougeur qui couvrait mon visage,
De ma chute certaine en tirait le présage.
Roi cruel! ce sont là les jeux où tu te plais [2].
Tu ne m'as prodigué [3] tes perfides [4] bienfaits
Que pour me faire mieux sentir [5] ta tyrannie [6],
Et m'accabler enfin de plus d'ignominie [7].

ZARÈS.   — Pourquoi juger [8] si mal de son intention ?
Il croit [9] récompenser une bonne action.
860 Ne faut-il pas, Seigneur, s'étonner au contraire
Qu'il en ait si longtemps différé le salaire [10] ?
Du reste, il n'a rien fait que par votre conseil.
Vous-même avez dicté tout ce triste [11] appareil.
Vous êtes après lui le premier de l'Empire.
Sait-il toute l'horreur [12] que ce Juif vous inspire ?

AMAN.   — Il sait qu'il me doit tout [13], et que pour sa grandeur
J'ai foulé sous les [14] pieds remords, crainte,
[pudeur [15] ;
Qu'avec un cœur d'airain [16] exerçant sa puissance,
J'ai fait taire les lois [17] et gémir [18] l'innocence ;
870 Que pour lui, des Persans bravant l'aversion,
J'ai chéri, j'ai cherché [19] la malédiction ;
Et pour prix de ma vie à leur haine exposée,
Le barbare aujourd'hui m'expose à leur risée!

ZARÈS.   — Seigneur, nous sommes seuls. Que sert de se flatter ?
Ce zèle que pour lui vous fîtes éclater,
Ce soin d'immoler tout à son pouvoir suprême,
Entre nous, avaient-ils d'autre objet que vous-
[même ?
Et sans chercher plus loin, tous ces Juifs désolés [20],
N'est-ce pas à vous seul que vous les immolez ?

---

1. « Moquerie » (*Acad.*, 1694). — 2. Y aurait-il des précédents? — 3. Prodiguer : « ne pas épargner » (*Dict. de l'Acad.*, 1694). — 4. Déloyaux, en ce que ce sont des affronts déguisés. — 5. Sentir : « avoir le cœur touché de quelque chose » (*Acad.*, 1694). — 6. « Gouvernement d'un prince cruel et violent » (*Acad.*, 1694). — 7. « Grand déshonneur » (*Acad.*, 1694). — 8. « Décider en bien ou en mal du mérite d'autrui. En ce sens il se construit avec le *de* » (*Acad.*, 1694): sur cette préposition, voir le v. 713. — 9. Son intention n'est que de. — 10. Voir le v. 558. — 11. Qui vous cause de la douleur. — 12. « Haine violente » (*Acad.*, 1694). — 13. « On assure qu'un ministre qui était encore en place alors, mais qui n'était plus en faveur, avait donné lieu à ce vers, parce que, dans un mouvement de colère, il avait dit quelque chose de semblable » (Louis Racine). Il s'agirait de Louvois. — 14. Tournure plus concrète que l'expression *fouler aux pieds*. — 15. « Honnête honte » (*Acad.*, 1694); Aman veut dire qu'il n'a eu honte de rien. — 16. « Inexorable » (*Acad.*, 1694); ce métal passait pour le plus résistant de tous. — 17. La loi élève sa voix au-dessus de toutes les voix : voir le *Criton* de Platon. — 18. « Exprimer sa douleur, d'une voix plaintive et non-articulée » (*Acad.*, 1694). L'alliance des deux propositions est saisissante. — 19. Progression de la pensée: on peut *chérir* sans *chercher*. — 20. « Détruits » (*Acad.*, 1694).

880 Et ne craignez-vous point que quelque avis
[funeste [1]...
Enfin la cour nous hait, le peuple nous déteste.
Ce Juif même, il faut le confesser [2] malgré moi,
Ce Juif comblé d'honneurs me cause quelque
[effroi.
Les malheurs sont souvent enchaînés l'un à
[l'autre [3],
Et sa race toujours fut fatale [4] à la vôtre.
De ce léger [5] affront songez à profiter.
Peut-être la fortune est prête à vous quitter ;
Aux plus affreux excès [6] son inconstance passe.
Prévenez son caprice avant qu'elle se lasse.
890 Où tendez [7]-vous plus haut ? Je frémis quand je
[voi [8]
Les abîmes profonds qui s'offrent devant moi :
La chute désormais ne peut être qu'horrible.

---

1. Voir le v. 181. — 2. Voir la *Préface*, p. 44, n. 9. — 3. *L'un* entraîne *l'autre* : image empruntée à la vie des galères. — 4. Voir le v. 199. — 5. *Aisé à supporter* » (*Dict. de l'Acad.*, 1694). — 6. « Outrage, violence » (*Acad.*, 1694); c'est ici un terme de jurisprudence. Pour comprendre la filiation des sens, se reporter au v. 696. — 7. Tendre : « aller à un certain terme » (*Acad.*, 1694). — 8. Orthographe normale au XVIIe s.

● **L'intérêt de la scène** — Sur le plan dramatique, elle renouvelle l'intérêt : en effet, si Aman se laisse convaincre par Zarès, il lui est encore possible de gagner la bataille ; mais il faudra agir avec rapidité, car le moment du festin est arrivé, et Esther va parler au Roi.

● **Les caractères** — AMAN : la peinture de son orgueil s'achève. Il ne peut supporter l'affront qu'il a reçu, il estimait avoir mérité d'être à l'abri de telles déconvenues, le Roi ne lui devait que des honneurs. Son orgueil est tel qu'il se croit le bienfaiteur du Roi, qui ne serait plus roi sans lui ; Zarès (v. 890) donne bien la mesure de ses prétentions : au-dessus d'Aman il n'y a plus que le trône.
ZARÈS. Ce n'est pas sans raison qu'en ce moment crucial Racine donne à Aman sa propre femme pour confidente : elle connaît ses pensées les plus secrètes ; son caractère n'est ici qu'esquissé, mais il est plein de vérité et de finesse. Elle est surtout intuitive, elle pressent des malheurs qu'elle voudrait conjurer ; au v. 881, *enfin* est plutôt l'annonce d'une résolution longtemps tenue secrète que la fin d'une série d'arguments.

① **Le tragique** — Jusqu'à présent, Aman ne nous était apparu que comme le bourreau d'Israël : ici apparaît sa misère, grâce à la lucidité de Zarès. Le tragique de la pièce atteint son apogée : il faut une victime, quelle sera-t-elle ? Mais la clémence divine ne peut-elle sauver les Juifs sans perdre Aman et tous les siens ?

97

Osez [1] chercher ailleurs un destin plus paisible [2].
Regagnez l'Hellespont [3] et ces bords [4] écartés [5]
Où vos aïeux errants jadis furent jetés,
Lorsque des Juifs contre eux la vengeance allumée [6]
Chassa tout Amalec [7] de la triste Idumée [8].
Aux malices du sort enfin dérobez-vous.
Nos plus riches trésors marcheront [9] devant nous.
900 Vous pouvez du départ me laisser la conduite [10] ;
Surtout [11] de vos enfants j'assurerai la fuite.
N'ayez soin cependant que de dissimuler.
Contente [12], sur vos pas vous me verrez voler :
La mer la plus terrible et la plus orageuse
Est plus sûre pour nous que cette cour trompeuse.
Mais à grands pas vers vous je vois quelqu'un
[marcher.

C'est Hydaspe.

Scène II. — AMAN, ZARÈS, HYDASPE.

HYDASPE.　—　　　　　　Seigneur, je courais vous chercher.
Votre absence en ces lieux suspend [13] toute la joie ;
Et pour vous y conduire Assuérus m'envoie.

AMAN.　—910 Et Mardochée est-il aussi de ce festin [14] ?

HYDASPE.　— A la table d'Esther portez-vous [15] ce chagrin ?
Quoi ! toujours de ce Juif l'image vous désole ?
Laissez-le s'applaudir d'un triomphe frivole [16].
Croit-il d'Assuérus éviter la rigueur ?
Ne possédez-vous pas son oreille et son cœur [17] ?
On a payé le zèle, on punira le crime ;
Et l'on vous a, Seigneur, orné votre victime [18].

1. Ce mot a ici une valeur très forte : ayez le courage de. — 2. Zarès aspire à la paix, elle aussi, comme les jeunes filles du Chœur. — 3. D'après le passage suivant de la Bible : « Aman, fils d'Amadath, étranger, Macédonien d'inclination et d'origine » (*Esther*, 16, 10), Sacy conjecture que les restes du peuple amalécite, après la destruction de leur peuple par Saül (I, *Rois*, 15), se réfugièrent en Macédoine : dans cet ordre de choses rien n'est impossible. — 4. Ces rivages : Racine emploie souvent ce mot qu'il devait aimer pour sa sonorité. — 5. A l'abri des tempêtes, puis de l'agitation du monde. — 6. Métaphore dans laquelle passent des images de pillage et d'incendie. — 7. Le nom de l'ancêtre pour celui du peuple. — 8. Contrée située au sud de la Palestine ; on remarquera comment Racine utilise les sonorités de ce nom propre : le registre monte avec *triste* et le vers (qui achève une description) se prolonge sur une vision de carnage dans l'infini du désert de l'Orient. — 9. « Signifie simplement s'avancer » (*Dict. de l'Acad.*, 1694) ; mais le terme fait image ici. — 10. Conduire, c'est « commander et servir de chef » (*Acad.*, 1694). — 11. Voir le v. 454. — 12. « Qui a ce qu'il désire » (*Acad.*, 1694) ; alors que la suite peut sembler douloureuse. — 13. Suspendre : « différer pour quelque temps » (*Acad.*, 1694). — 14. Trimètre régulier : 4 + 4 + 4 ; la première coupe est très forte : l'*-e* final (*-chée*) empêche l'hiatus mais oblige à une pause longue. — 15. Encore un terme évocateur : il ne s'agit pas de *porter* sur le visage, mais de le transporter. — 16. « Qui n'a nulle solidité » (*Acad.*, 1694). — 17. Il n'écoute et n'aime que vous. — 18. On couronnait de fleurs les victimes que l'on allait sacrifier aux dieux.

Je me trompe, ou vos vœux par Esther secondés
Obtiendront plus encor que vous ne demandez.

AMAN. — [920] Croirai-je le bonheur que ta bouche m'annonce ?

HYDASPE. — J'ai des savants devins entendu la réponse :
Ils disent que la main d'un perfide étranger
Dans le sang de la Reine est prête à se plonger ;
Et le Roi, qui ne sait où trouver le coupable,
N'impute qu'aux seuls [1] Juifs ce projet détestable [2].

AMAN. — Oui, ce sont, cher ami, des monstres furieux [3].
Il faut craindre surtout leur chef audacieux [4].
La terre avec horreur dès longtemps les endure [5] ;
Et l'on n'en peut trop tôt délivrer la nature.
[930] Ah ! je respire enfin. Chère Zarès, adieu [6].

HYDASPE. — Les compagnes d'Esther s'avancent vers ce lieu.
Sans doute leur concert va commencer la fête.
Entrez, et recevez l'honneur qu'on vous apprête.

---

1. Effet d'insistance. — 2. Voir le v. 163. — 3. Atteints de fureur : « Rage, frénésie » (*Dict. de l'Acad.*, 1694). — 4. Voir le v. 348. — 5. Voir le v. 842. — 6. Ce terme n'implique pas une séparation définitive.

● **L'action** — Le conseil donné à Aman par Zarès a failli tout remettre en question : Aman en fuite, les Juifs sont sauvés, mais Aman l'est aussi ; et ce n'est sans doute pas ce que veut Esther. Cependant, les choses n'en viendront pas là : Aman n'a pas le temps de répondre, et le destin va poursuivre sa marche ; quelle sera-t-elle ? Nous ne pouvons le prévoir : les réponses des oracles sont toujours ambiguës, et le *perfide étranger* (v. 922) peut être appliqué à Mardochée comme à Aman, suivant que l'on est dans l'un ou l'autre camp. De toute façon, le dénouement approche.

● **Les caractères** — AMAN n'a jamais répondu à aucune des questions que sa femme lui a posées : c'est un être qui poursuit son idée, sans se soucier de ce que disent les autres ; s'il accueille avec tant d'empressement les informations d'Hydaspe, c'est précisément qu'elles sont dans la ligne de ses projets, ou du moins de ses espoirs. Il est notable alors que le seul nom de ses ennemis lui fait à nouveau perdre toute prudence, en rallumant sa haine, et l'expose de nouveau au danger.
HYDASPE est bien l'intrigant de cour que nous avons connu : la réponse des devins lui semblant devoir être utile à Aman, il la lui communique, c'est le petit jeu des cachotteries, mais les conséquences de ce jeu, un Hydaspe ne peut les prévoir : il vit dans le présent, il sert le maître actuel et demain il servira de même son remplaçant.

① **Le tragique** — L'intervention d'Hydaspe empêche Aman de suivre les conseils de Zarès : il n'y a désormais de salut que pour lui *ou* pour les Juifs ; le destin va frapper, inéluctablement. La confiance que, dès cet instant, retrouve Aman (*je respire*, v. 930) et la façon presque joyeuse dont il se sépare de sa femme, ne nous font-elles pas sentir toute la misère de l'homme, qui ne sait pas qu'il est déjà exclu du nombre des Élus ?

Scène III. — ÉLISE, LE CHŒUR.

(Ceci se récite sans chant.)

UNE DES ISRAÉLITES.
— C'est Aman.

UNE AUTRE. — C'est lui-même, et j'en frémis [1], ma sœur.

LA PREMIÈRE. — Mon cœur de crainte et d'horreur [2] se resserre [3].

L'AUTRE. — C'est d'Israël le superbe [4] oppresseur.

LA PREMIÈRE. — C'est celui qui trouble [5] la terre.

ÉLISE. — Peut-on, en le voyant, ne le connaître [6] pas ?
L'orgueil et le dédain sont peints sur son visage.

UNE ISRAÉLITE.
—[940] On lit dans ses regards sa fureur [7] et sa rage.

UNE AUTRE. — Je croyais voir marcher la Mort [8] devant ses pas.

UNE DES PLUS JEUNES.
— Je ne sais si ce tigre [9] a reconnu sa proie [10] ;
Mais en nous regardant [11], mes sœurs, il m'a [semblé
Qu'il avait dans les yeux une barbare [12] joie,
Dont tout mon sang [13] est encore troublé.

ÉLISE. — Que ce nouvel honneur va croître [14] son audace !
Je le vois, mes sœurs, je le voi [15] :
A la table d'Esther l'insolent [16] près du Roi
A déjà pris sa place.

UNE DES ISRAÉLITES.
—[950] Ministres [17] du festin, de grâce dites-nous
Quels mets à ce cruel, quel vin préparez-vous ?

UNE AUTRE. — Le sang de l'orphelin,

UNE TROISIÈME.
— Les pleurs des misérables [18],

---

1. Frémir : « être ému avec quelque espèce de tremblement, causé par la crainte » (*Dict. de l'Acad.*, 1694). — 2. Espèce de superlatif de *frémir*, surtout sous le rapport des manifestations psycho-somatiques de la crainte. — 3. L'angoisse, qui contracte parfois la poitrine, donne cette impression. — 4. « Orgueilleux, qui présume trop de lui » (*Acad.*, 1694). — 5. Troubler : « inquiéter quelqu'un dans la jouissance de quelque bien » (*Acad.*, 1694) ; ici la paix, à laquelle aspirent les croyants. — 6. « Avouer, admettre » (*Acad.*, 1694) qu'il est bien Aman ; nous dirions : reconnaître. — 7. Folie furieuse ; le mot est renforcé par *rage* qui nous transporte dans le monde des animaux. — 8. Personnification fréquente dans le style poétique et dans la Bible. — 9. « On dit d'un homme que c'est un *tigre* pour dire qu'il est cruel et impitoyable » (*Acad.*, 1694). — 10. Relève de qu'il y a de convenu dans *tigre*. — 11. Ce participe se rapporte à *il* (v. 944) ; un emploi aussi libre serait incorrect de nos jours. — 12. « Cruel, inhumain » (*Acad.*, 1694). — 13. Le *sang* propage les émotions. — 14. « Augmenter » (*Acad.*, 1694) ; nous dirions : accroître. — 15. On remarquera les deux orthographes différentes dans le même vers : elles sont toutes deux courantes au XVIIᵉ s., et le poète adopte celle qui lui est la plus commode. — 16. « Orgueilleux » (*Acad.*, 1694). — 17. « Celui dont on se sert pour l'exécution de quelque chose. En ce sens il n'a guère d'usage que dans les choses morales » (*Acad.*, 1694). — 18. « Malheureux » (*Acad.*, 1694).

LA SECONDE. —

LA TROISIÈME. — Sont ses mets les plus agréables.

— C'est son breuvage le plus doux.

ÉLISE. — Chères sœurs, suspendez la douleur qui vous
[presse.
Chantons, on nous l'ordonne ; et que [1] puissent
[nos chants
Du cœur d'Assuérus adoucir la rudesse,
Comme autrefois David par ses accords touchants
Calmait d'un roi jaloux la sauvage tristesse !
(*Tout le reste de cette scène est chanté.*)

UNE ISRAÉLITE.

—960 Que le peuple est heureux,
Lorsqu'un roi généreux [2],
Craint dans tout l'univers, veut encore [3] qu'on l'aime !
Heureux le peuple ! heureux le roi lui-même !

TOUT LE CHŒUR.

— O repos ! ô tranquillité [4] !
O d'un parfait bonheur assurance éternelle,
Quand la suprême autorité
Dans ses conseils [5] a toujours auprès d'elle
La justice et la vérité [6] !

---

1. Accentue le souhait; voir le v. 2. — 2. « Qui a l'âme grande et noble » (*Dict.* de Furetière, 1690). — 3. « De plus » (*Dict. de l'Acad.*, 1694). — 4. Le *repos* est « l'exemption de toute peine » (*Acad.*, 1694), la *tranquillité* l'absence d'émotion : il y a progression d'un mot à l'autre : le bonheur des Élus est fait uniquement de l'amour de Dieu. — 5. « Assemblée réglée pour délibérer des affaires importantes » (*Acad.*, 1694). — 6. Malgré l'absence de majuscule, ce sont des personnifications.

■■■

● **L'action** — La nécessité de ce chœur est évidente : il fallait qu'après la sortie d'Aman il pût s'écouler un certain temps, avant la rentrée des acteurs du drame, pour que le festin d'Esther pût s'être déroulé.

● **Les sentiments du Chœur** — Deux traits essentiels :
— La crainte : les jeunes Israélites se sont trouvées brusquement en présence de leur bourreau : leur crainte est naturelle, mais elle est, pour le moment, un peu excessive et assez naïve, car Aman ne les a certainement pas reconnues pour des Juives, sa *joie* (v. 944) était causée par les confidences d'Hydaspe.
— Mais telle qu'elle est, cette crainte est surtout inspirée par l'horreur qu'elles éprouvent pour le mal et les méchants ; cette horreur est la conséquence de l'amour de Dieu et du désir de goûter la paix en son sein.

● **Les sources** — (T). V. 965-968 : *Lorsqu'un roi juge les pauvres dans la vérité, son trône s'affermira pour jamais* (Proverbes, 29, 14).

■■■

(Ces quatre stances sont chantées alternativement par une seule voix et par tout le Chœur.)

UNE ISRAÉLITE. —

                 Rois, chassez la calomnie [1].
970   *Ses criminels attentats*
                 Des plus paisibles États
                 Troublent l'heureuse harmonie [2].

                 Sa fureur, de sang avide,
                 Poursuit partout l'innocent.
                 Rois, prenez soin de l'absent
                 Contre sa langue homicide.

                 De ce monstre si farouche [3]
                 Craignez la feinte douceur.
                 La vengeance est dans son cœur,
980   *Et la pitié* [4] *dans sa bouche.*

                 La fraude [5] *adroite et subtile* [6]
                 Sème de fleurs son chemin ;
                 Mais sur ses pas vient enfin
                 Le repentir inutile [7].

UNE ISRAÉLITE, *seule.*
     — D'un souffle l'aquilon [8] écarte les nuages,
        Et chasse au loin la foudre et les orages.
     Un roi sage, ennemi du langage menteur,
     Écarte d'un regard le perfide imposteur.

UNE AUTRE.
        J'admire un roi victorieux,
990 Que sa valeur [9] conduit triomphant en tous lieux ;
     Mais un roi sage [10] et qui hait l'injustice,
     Qui sous la loi du riche impérieux [11]
     Ne souffre point que le pauvre gémisse [12],
     Est le plus beau présent des Cieux.

UNE AUTRE. —   La veuve en sa défense espère.

UNE AUTRE. —   De l'orphelin il est le père [13] ;

TOUTES ENSEMBLE.
     — Et les larmes du juste implorant son appui
        Sont précieuses [14] devant lui.

---

1. « Fausse accusation » (*Dict. de l'Acad.*, 1694); l'ennemi juré de Dieu, c'est le Diable, dont le nom en grec signifie : *calomniateur.* — 2. « Accord parfait et entière correspondance de plusieurs parties. » (*Acad.*, 1694). — 3. « Sauvage » (*Acad.*, 1694). — 4. Ce mot, doublet de *piété*, participe ici du sens primitif de *pietas* qui, en latin, signifie : bonté. — 5. « Tromperie » (*Acad.*, 1694). — 6. « Se dit en parlant de l'adresse de l'esprit en certaines choses » (*Acad.*, 1694). — 7. Le mal est accompli, et son auteur est voué au châtiment éternel. — 8. Le vent du Nord, le plus fort des vents, et le plus « noble ». — 9. « Bravoure » (*Acad.*, 1694). — 10. « Prudent, modéré » (*Acad.*, 1694). — 11. « Qui commande avec orgueil » (*Acad.*, 1694). — 12. Voir le v. 869. — 13. C'est l'idéal de la chevalerie médiévale. — 14. Ont du prix, de la valeur.

UNE ISRAÉLITE, *seule.*

— Détourne, Roi puissant, détourne [1] tes oreilles
1000   De tout conseil barbare [2] et mensonger.
Il est temps que tu t'éveilles :
Dans le sang innocent ta main va se plonger,
Pendant que tu sommeilles.
Détourne, Roi puissant, détourne tes oreilles
De tout conseil barbare et mensonger.

UNE AUTRE. — Ainsi puisse sous [2] toi trembler la terre entière!
Ainsi puisse à jamais contre tes ennemis
Le bruit de ta valeur te servir de barrière!
S'ils t'attaquent, qu'ils soient en un moment [4]
[soumis.
1010   Que de ton bras la force les renverse ;
Que de ton nom la terreur les disperse.
Que tout leur camp [5] nombreux soit devant tes
[soldats
Comme d'enfants une troupe inutile [6] ;
Et si par un chemin il entre en tes États,
Qu'il en sorte par plus de mille [7].

---

1. Répétition expressive. — 2. « Cruel, inhumain » (*Dict. de l'Acad.*, 1694). — 3. « Sert aussi à marquer la subordination et la dépendance » (*Acad.*, 1694). — 4. « La plus petite partie du temps qu'on puisse s'imaginer » (*Acad.*, 1694). — 5. Métonymie, pour : l'armée qui est dans le camp. — 6. Dont on ne peut se servir. — 7. Ce vers signifie sans doute que, si l'armée a pu entrer en bon ordre, elle repartira à la débandade.

■■

● **Les thèmes développés** — Élise a rappelé ses compagnes à leur devoir, qui est d'animer de leurs chants la fête qu'Esther donne au Roi ; ce chant, qui doit soutenir la *joie* (v. 908) des convives, est à la vérité fort austère puisqu'il traite des devoirs des rois. Le roi doit être ami de la justice et de la vérité, brave mais prudent ; il ne doit faire que des guerres défensives. Cette leçon était sans doute utile à tous les rois de Perse, mais aussi à Louis XIV. En outre, on y trouve des allusions aux mauvais conseillers des rois.

① Étudiez la valeur des adjectifs placés à la rime dans ce chœur ; on se rappellera que, dans l'usage classique, l'adjectif est très souvent placé avant le nom.

● **Les sources** — (T) V. 879-80 : *Les pécheurs qui parlent de paix avec leur prochain, et qui dans leur cœur ne pensent qu'à faire du mal* (Ps. 27, 3). — V. 985-88 : *Le vent d'aquilon dissipe la pluie, et le visage triste la langue médisante* (Proverbes, 25, 23). — V. 991-92 : *Parce qu'il délivrera le pauvre des mains du puissant, le pauvre qui n'avait personne qui l'assistât* (Ps. 71, 12). — V. 1010 : *Vous avez dispersé vos ennemis par la force de votre bras* (Psaume 88, 11).

■■

SCÈNE IV. — ASSUÉRUS, ESTHER, AMAN, ÉLISE, LE CHŒUR.

ASSUÉRUS, *à Esther.*

— Oui, vos moindres discours [1] ont des grâces se-
[crètes [2] :
Une noble pudeur [3] à tout ce que vous faites
Donne un prix que n'ont point [4] ni la pourpre
[ni l'or [5].
Quel climat [6] renfermait un si rare trésor [7] ?
1020 Dans quel sein vertueux avez-vous pris naissance ?
Et quelle main si [8] sage éleva votre enfance [9] ?
    Mais dites promptement ce que vous demandez :
Tous vos désirs [10], Esther, vous seront accordés,
Dussiez-vous, je l'ai dit [11], et veux bien le redire,
Demander la moitié de ce puissant Empire.

ESTHER.

— Je ne m'égare [12] point dans ces vastes [13] désirs.
Mais puisqu'il faut enfin expliquer mes soupirs [14],
Puisque mon Roi lui-même à parler me convie,
        (elle se jette aux pieds du Roi)
J'ose vous implorer, et pour ma propre vie,
1080 Et pour les tristes jours d'un peuple infortuné,
Qu'à périr avec moi vous avez condamné.

ASSUÉRUS, *la relevant.*

— A périr ? Vous ? Quel peuple ? Et quel est ce
[mystère [15] ?

AMAN, *tout bas.*

— Je tremble.

ESTHER.

                Esther, Seigneur, eut un Juif pour son
[père.
De vos ordres sanglants vous savez la rigueur.

AMAN.

— Ah, Dieux !

---

1. Voir le v. 387. — 2. Qu'on ignore, à première vue, parce qu'elles s'ignorent. — 3. Doit
s'entendre au sens de : modestie, « retenue dans les sentiments et dans tout ce qui paraît au
dehors » (*Dict. de l'Acad.*, 1694); c'est le sens de la mesure, que nous appelons : délicatesse. —
4. Cet emploi de *point* (ou de *pas* dans d'autres exemples) accompagnant *ne* avec *ni* répété
devant deux noms est fréquent au XVIIᵉ s. mais est à proscrire de nos jours. — 5. Symboles
de la royauté et de la richesse (laquelle donne généralement le pouvoir). — 6. Voir le v. 10.
— 7. « Se dit figurément de tout ce qui est d'une excellence singulière » (*Acad.*, 1694); mais le
voisinage de *or* (les deux mots sont à la rime) fait que le mot *trésor* garde une partie de son
sens premier. — 8. Cet emploi absolu de *si* consécutif suppose un raisonnement implicite :
si sage qu'elle a pu vous élever si bien. — 9. L'abstrait, pour le concret, insiste sur les difficultés de l'éducation. — 10. Ce que vous désirez : un des sens du lat. *desiderium*. — 11. Voir le
v. 660. — 12. S'égarer : « se fourvoyer » (*Acad.*, 1694). — 13. « Qu'on ne renferme pas dans
des bornes assez étroites » (*Acad.*, 1694). — 14. Voir le v. 307. — 15. Chose que l'on a cachée.

ASSUÉRUS. —   Ah! de quel coup me percez-vous le
                                                  [cœur [1]!
                        Vous la fille d'un Juif? Hé quoi? tout ce que
                                                  [j'aime,
                        Cette Esther, l'innocence et la sagesse même [2],
                        Que je croyais du Ciel les plus chères amours,
                        Dans cette source impure aurait puisé ses jours?
            1040 Malheureux!

ESTHER.   Vous pourrez rejeter ma prière.
                        Mais je demande au moins que pour grâce dernière
                        Jusqu'à la fin, Seigneur, vous m'entendiez [3] parler,
                        Et que surtout Aman n'ose point [4] me troubler [5].

ASSUÉRUS. — Parlez.

1. Transposition physique d'une émotion violente. — 2. Accord avec le nom le plus proche. — 3. Entendre : « se donner la patience d'écouter » (*Dict. de l'Acad.*, 1694). — 4. N'ait point l'impudence de.... — 5. « Interrompre » (*Acad.*, 1694).

━━━

🔵 **L'action** entre maintenant dans sa phase finale : Esther engage le combat.

🔵 **Les caractères** — ASSUÉRUS nous est dépeint sous les traits d'un amou- reux délicat : il perçoit des nuances que seul un véritable amour peut déceler (v. 1016-18). Cet amour même fait qu'il souffre et se sent déchiré quand il apprend qu'il aime une femme que sa raison lui révèle indigne de son amour. Son dernier mot révèle un désir de s'informer loyalement : non pas pour concilier son cœur et sa raison, mais pour savoir qui devra céder, le cœur ou la raison ; on le sent prêt à tous les sacri- fices, prêt surtout à réformer son jugement s'il doit apparaître qu'il a été mal informé.
ESTHER agit avec une grande habileté ; elle a compris qu'il fallait brus- quer les choses par un aveu rapide de ce qui peut passer pour une tare aux yeux d'Assuérus ; cet aveu a cependant été soigneusement préparé : elle a su provoquer chez le Roi assez de crainte et le plonger dans un mystère assez profond pour qu'il soit disposé à accueillir loyalement cet aveu en se disant que, si c'est la clé du mystère, il vaut la peine d'examiner les choses de près. Elle se sent, en outre, encouragée à cet aveu par tous les témoignages que lui donne Assuérus de son affection. Enfin, la dignité et la résignation qu'elle montre (v. 1040 et suiv.) ne peuvent qu'être efficaces sur l'esprit d'un souverain aussi absolu : il comprend dès lors que tout dépend uniquement de lui.
AMAN parle peu, durant cette scène, mais ses paroles sont éloquentes : il soupçonne la vérité avant Assuérus, et, connaissant son Roi, il ne tarde pas à se sentir perdu.

① **Imaginez les attitudes d'Aman** pendant que parlent Assuérus et Esther (c'est la tâche principale du metteur en scène de régler les atti- tudes des personnages, et surtout celles des acteurs muets, de façon que tout soit en accord avec les paroles exprimées et les sentiments éprouvés mais non exprimés).

━━━

ESTHER. —   O Dieu, confonds l'audace [1] et l'imposture [2].
Ces [3] Juifs, dont vous voulez délivrer la nature [4],
Que vous croyez, Seigneur, le rebut [5] des humains,
D'une riche contrée autrefois souverains [6],
Pendant [7] qu'ils n'adoraient que le Dieu de leurs
                                 [pères,
Ont vu bénir [8] le cours de leurs destins prospères [9].
1050 Ce Dieu, maître absolu de la terre et des cieux,
N'est point tel que l'erreur [10] le figure [11] à vos yeux.
L'Éternel est son nom. Le monde est son ouvrage ;
Il entend les soupirs de l'humble qu'on outrage,
Juge tous les mortels avec d'égales lois,
Et du haut de son trône interroge les rois.
Des plus fermes [12] États la chute épouvantable [13],
Quand il veut, n'est qu'un jeu [14] de sa main redou-
                                 [table.
Les Juifs à d'autres dieux osèrent s'adresser :
Roi, peuples, en un jour tout se vit [15] disperser ;
1060 Sous les Assyriens [16] leur triste [17] servitude
Devint le juste prix de leur ingratitude.
     Mais pour punir enfin nos maîtres à leur tour,
Dieu fit choix de Cyrus, avant qu'il vît le jour,
L'appela par son nom, le promit à la terre,
Le fit naître, et soudain l'arma de son tonnerre,
Brisa les fiers [18] remparts et les portes d'airain,
Mit des superbes [19] rois la dépouille [20] en sa main,
De son temple détruit vengea sur eux l'injure.
Babylone paya nos pleurs avec usure [21].
1070 Cyrus, par lui vainqueur, publia [22] ses bienfaits,
Regarda notre peuple avec des yeux de paix,
Nous rendit et nos lois et nos fêtes divines ;

---

1. Voir le v. 348. — 2. Le fait « d'imputer faussement [quelque chose d'odieux] à quelqu'un dans le dessein de lui nuire » (*Dict. de l'Acad.*, 1694). — 3. Le démonstratif reprend tous les mépris que l'on a infligés aux Juifs et dont Esther va faire justice. — 4. C'est l'expression même dont usait Aman au v. 929 : Esther l'a-t-elle entendue alors, ou était-il d'usage courant en Perse? — 5. « Ce qu'il y a de plus vil en chaque espèce » (*Acad.*, 1694). — 6. « Qui ne relève d'aucune autre puissance » (*Acad.*, 1694). — 7. Simultanéité qui s'accompagne d'une restriction. — 8. Dieu bénit les hommes quand il leur accorde ses faveurs. — 9. Équivaut à un attribut de résultat : de façon qu'ils fussent *prospères*; la prospérité est l'« heureux état des affaires » (*Acad.*, 1694). — 10. « Fausse opinion » (*Acad.*, 1694). — 11. Figurer : « représenter » (*Acad.*, 1694); la *figure* est la forme extérieure des objets : Esther pense qu'Assuérus a, de son dieu, une conception matérialiste et anthropomorphique. — 12. « Qui se tient sans s'ébranler » (*Acad.*, 1694). — 13. Qui produit une « grande et soudaine peur causée par quelque chose d'imprévu » (*Acad.*, 1694). — 14. « Chose que l'on fait facilement » (*Acad.*, 1694). — 15. Périphrase marquant que le sujet est témoin de l'action qu'il subit. — 16. Nabuchodonosor était, en fait, Chaldéen. — 17. Voir le v. 135. — 18. Fier : « altier » (*Acad.*, 1694); terme d'acception physique aussi bien que morale, ici. — 19. « Orgueilleux » (*Acad.*, 1694). — 20. Dépouille : « ce qu'on remporte des ennemis par la victoire » (*Acad.*, 1694). L'idée qu'il s'agit de la peau d'un animal que l'on a tué est cependant présente. — 21. Intérêt excessif perçu sur un débiteur. — 22. Fit connaître au monde.

> Et le temple déjà sortait de ses ruines [1].
> Mais de ce roi si sage héritier insensé [2],
> Son fils interrompit l'ouvrage commencé,
> Fut sourd à nos douleurs. Dieu rejeta [3] sa race,
> Le retrancha [4] lui-même, et vous [5] mit en sa place.

1. On a l'impression d'une fleur qui s'ouvre. — 2. Cambyse devint fou très rapidement. — 3. Rejeter : « n'agréer pas » (*Dict. de l'Acad.*, 1694); expression de style biblique. — 4. Le sépara des vivants. — 5. Voir p. 31.

━━━

① **Ce discours d'Esther** est sans doute un des sommets de la poésie de Racine : efforcez-vous d'en retrouver le plan ; montrez que la disposition des éléments concourt à un effet progressif ; on remarquera que le vers 1077 est un palier où l'on parvient lentement et d'où l'on repartira pour une nouvelle ascension.

② Justifiez l'utilité de ce **résumé de l'histoire d'Israël** ; montrez-en la sobriété et la puissance dramatique.

③ **Le sentiment religieux** : montrez qu'il est fait de soumission à la volonté divine, et aussi d'une confiance aveugle en la Providence qui ne peut vouloir que le bien des hommes, même quand elle les châtie.

④ Essayez de montrer comment, dans ce passage, le choix des mots, leur place, le rythme des vers, celui des phrases et le mouvement général de la pensée contribuent à donner à l'ensemble une *grandeur* épique rarement atteinte dans la poésie française ; cherchez, dans l'œuvre de Victor Hugo, des poèmes où l'imagination transcende les faits avec la même vigueur pour les recréer avec la même puissance.

⬤ **Les sources** — (T) V. 1050 : *Les cieux sont à vous et la terre vous appartient ; vous avez fondé l'univers avec tout ce qu'il contient* (Ps. 88,12). — V. 1053-55 : *Ses yeux sont attentifs à regarder le pauvre ; le Seigneur interroge le juste et l'impie* (Ps. 10, 5-6). — V. 1058-9 : *Au lieu d'offrir leurs sacrifices à Dieu, ils les ont offerts aux démons* [...] *le Seigneur l'a vu et s'est mis en colère* (Deutéronome, 32, 17-19). — V. 1066 : *Parce qu'il a brisé les portes d'airain, et rompu les barres de fer* (Ps. 106, 16).

⬤ **L'édit de Cyrus** (voir p. 39) est une des grandes dates de l'histoire biblique ; annoncé par Jérémie (29, 10), il est cité en II, *Paralipomènes*, 36, et I, *Esdras*. Racine relate l'histoire de Cyrus en s'inspirant des textes suivants : *Je vous ai connu avant que je vous eusse formé dans les entrailles de votre mère ; je vous ai sanctifié avant que vous ne fussiez sorti de son sein* (Jérémie, 1, 5). *Voici ce que dit le Seigneur à Cyrus qui est mon christ, que j'ai pris par la main pour lui assujettir les nations, pour mettre les rois en fuite, pour ouvrir devant lui toutes les portes ; je marcherai devant vous ; j'humilierai les grands de la terre, je romprai les portes d'airain et je briserai les gonds de fer.* [...] *Je vous ai appelé par votre nom* (Isaïe, 45, 1-4). — Mais on lira avec plaisir l'application qu'en fait Bossuet : « Tu n'es pas encore, mais je te vois, et je t'ai nommé par ton nom ; tu t'appelleras Cyrus. Je marcherai devant toi dans les combats ; à ton approche je mettrai les rois en fuite ; je briserai les portes d'airain » (*Oraison funèbre de Condé*).

━━━

107

Que [1] n'espérions-nous point d' [2] un roi si géné-
[reux [3] ?
« Dieu regarde en pitié son peuple malheureux,
1080 Disions-nous : un roi règne, ami [4] de l'innocence. »
Partout du nouveau prince on vantait [5] la clémence ;
Les Juifs partout de joie [6] en [7] poussèrent [8] des cris.
Ciel ! verra-t-on toujours que de cruels esprits
Des princes les plus doux l'oreille environnée [9],
Et du bonheur public la source [10] empoisonnée ?
Dans le fond [11] de la Thrace un barbare enfanté
Est venu dans ces lieux souffler [12] la cruauté.
Un ministre ennemi de votre propre gloire...

AMAN.   — De votre gloire ? Moi ? Ciel ! le pourriez-vous croire ?
1090 Moi, qui n'ai d'autre objet ni d'autre Dieu...

ASSUÉRUS.   —   Tais-toi.
Oses-tu donc parler sans l'ordre de ton Roi ?

ESTHER.   — Notre ennemi cruel [13] devant vous se déclare :
C'est lui. C'est ce ministre infidèle et barbare,
Qui d'un zèle trompeur à vos yeux revêtu,
Contre notre innocence arma votre vertu [14].
Et quel autre, grand Dieu ! qu'un Scythe impi-
[toyable
Aurait de tant d'horreurs dicté l'ordre effroyable ?
Partout l'affreux [15] signal en même temps donné
De meurtres remplira l'univers étonné [16].
1100 On verra, sous le nom du plus juste des princes,
Un perfide étranger [17] désoler [18] vos provinces,
Et dans ce palais même, en proie à son courroux,
Le sang de vos sujets regorger [19] jusqu'à vous.
Et que reproche aux Juifs sa haine envenimée [20] ?
Quelle guerre intestine avons-nous [21] allumée ?
Les a-t-on vus marcher parmi vos ennemis ?
Fut-il jamais au joug esclaves plus soumis ?

---

1. Interrogation dite « oratoire », pour : nous espérions tout. — 2. Marque l'origine des bienfaits espérés. — 3. Voir le v. 599. — 4. Cette apposition détachée indique qu'il s'agit d'une caractérisation du roi et de son règne. — 5. « Louer extrêmement » (*Dict. de l'Acad.*, 1694). — 6. Racine a reculé devant l'expression banale « cris de joie » : *de* indique ici la cause et se rattache à *poussèrent*. — 7. A propos de cette *clémence*. — 8. Indique primitivement un effort. — 9. On retrouve ici l'idée d'un siège, au sens militaire ; l'image n'est peut-être pas des meilleures, quand il s'agit d'*oreille* et d'*esprits* : elle est cependant bien dans la tradition de la tragédie classique. — 10. Voilà une image bien plus évocatrice. — 11. Complément de *enfanté* ; l'inversion est un peu forte, mais elle a le mérite de placer les deux mots essentiels de part et d'autre de la coupe. — 12. Comme un vent. — 13. Valeur forte, par la place de cet adjectif : voir le v. 1083. — 14. « Habitude de l'âme qui la porte à bien faire et à fuir le mal » (*Acad.*, 1694). — 15. « Qui épouvante » (*Dict.* de Richelet, 1680). — 16. Idée d'une surprise brusque et très violente. — 17. Esther insiste sur ce mot : voir *Thrace* (v. 1086), *Scythe* (v. 1096). — 18. « Ravager, ruiner » (*Acad.*, 1694). — 19. « Refluer, s'épancher hors de ses bornes » (*Acad.*, 1694). — 20. Qui distille un *venin*. — 21. Ce brusque passage à *nous* donne de la vivacité.

> Adorant dans leurs fers le Dieu qui les châtie,
> Pendant que votre main sur eux appesantie
> 1110 A leurs persécuteurs les livrait sans secours,
> Ils conjuraient[1] ce Dieu de veiller sur vos jours,
> De rompre des méchants les trames[2] criminelles,
> De mettre votre trône à l'ombre de ses ailes.
> N'en doutez point, Seigneur, il fut votre soutien.
> Lui seul mit à vos pieds le Parthe et l'Indien[3],
> Dissipa[4] devant vous les innombrables Scythes,
> Et renferma les mers dans vos vastes limites[5].
> Lui seul aux yeux d'un Juif découvrit le dessein
> De deux traîtres tout prêts à vous percer le sein.
> 1120 Hélas! ce Juif jadis m'adopta pour sa fille.

ASSUÉRUS. — Mardochée?

1. Conjurer : « prier instamment » (*Dict. de l'Acad.*, 1694). — 2. « Fil conduit par la navette entre les fils qui sont tendus sur le métier. Signifie aussi complot » (*Acad.*, 1694). — 3. Trois syllabes : la rime avec *soutien* (deux syllabes) est faible. — 4. Dissiper : « défaire, détruire » (*Acad.*, 1694) : le premier de ces termes a un sens militaire. — 5. « Bornes qui séparent un État d'avec un autre » (*Acad.*, 1694) : historiquement, il y a exagération, mais dans ce vers se reflète l'infini des vastes plaines de l'Orient.

▬▬▬▬▬▬▬▬▬▬▬▬▬▬▬▬▬▬▬▬▬▬▬▬▬▬▬▬▬▬▬▬▬▬▬▬▬

● **L'argumentation d'Esther** : les Juifs et Assuérus. Les Juifs aiment Assuérus, qui mérite d'être aimé de tous ; ils ont obtenu pour lui la protection de leur Dieu, sa cause est désormais celle des Juifs, sans qu'il en ait pris conscience ; sa cruauté est excusable parce qu'elle n'est que le fait que d'Aman.

① Montrez l'habileté et la subtilité de cette argumentation qui tend à établir que les Juifs sont de loyaux sujets et que le traître c'est Aman.
② Vers 1089-90 — Cette interruption d'Aman n'est pas rapportée dans la Bible ; recherchez les raisons qui ont poussé Racine à l'imaginer (intérêt de la scène : un trop long discours d'Esther pourrait lasser ; intérêt psychologique : Esther, voyant qu'Aman est rabroué par le Roi, prend plus d'assurance et ose parler clairement).
③ Étudiez la structure de cette réplique et montrez que la syntaxe exprime bien le désarroi d'Aman.
④ Vers 1090-91. Aman connaissait bien son roi : montrez que cette réplique en est bien la preuve, sans qu'on puisse pour autant affirmer qu'Esther triomphera.

● **Vers 1120** : *Hélas!* est un cri de tendresse plus qu'une plainte.

● **Les sources** — (T) V. 1109 : *Parce que votre main s'est appesantie jour et nuit sur moi* (Psaume 31, 4). — V. 1113 : *Je serai en sûreté et à couvert sous vos ailes* (Psaume 60, 5). — On notera que l'expression *à l'ombre de vos ailes* se retrouve dans cinq autres passages des *Psaumes*.

● **Autres source** — V. 1093 : *Esther lui répondit : C'est Aman que vous voyez, qui est notre cruel adversaire et notre ennemi mortel* (Esther, 7, 6).

▬▬▬▬▬▬▬▬▬▬▬▬▬▬▬▬▬▬▬▬▬▬▬▬▬▬▬▬▬▬▬▬▬▬▬▬▬

ESTHER. — Il restait seul de notre famille.
Mon père [1] était son frère. Il descend comme moi
Du sang [2] infortuné [3] de notre premier roi.
Plein d'une juste [4] horreur [5] pour un Amalécite,
Race que notre Dieu de sa bouche [6] a maudite,
Il n'a devant Aman [7] pu [8] fléchir les genoux,
Ni lui rendre un honneur qu'il ne croit dû qu'à
[vous [9].
De là contre les Juifs et [10] contre Mardochée
1130 Cette haine, Seigneur, sous d'autres noms cachée.
En vain de vos bienfaits Mardochée est paré [11].
A la porte d'Aman est déjà préparé
D'un infâme [12] trépas l'instrument exécrable [13].
Dans une heure au plus tard ce vieillard vénérable [14],
Des portes du palais par son ordre arraché,
Couvert de votre pourpre [15], y doit être attaché.

ASSUÉRUS. — Quel jour [16] mêlé d'horreur vient effrayer mon
[âme ?
Tout mon sang de colère et de honte s'enflamme.
J'étais donc le jouet... Ciel, daigne m'éclairer.
Un moment sans témoins cherchons à respirer.
1140 Appelez Mardochée, il faut aussi l'entendre.
(*Le Roi s'éloigne.*)

UNE ISRAÉLITE. — Vérité que j'implore, achève de descendre.

SCÈNE V. — ESTHER, AMAN, LE CHŒUR.

AMAN, *à Esther.*
— D'un juste étonnement je demeure frappé.
Les ennemis des Juifs m'ont trahi, m'ont trompé.
J'en atteste du Ciel la puissance suprême,
En les perdant j'ai cru vous assurer vous-même.
Princesse, en leur faveur employez mon crédit :
Le Roi, vous le voyez, flotte [17] encore interdit [18].
Je sais par quels ressorts [19] on le pousse, on l'arrête,

_____

1. Détail important : la parenté dans la ligne mâle est la seule valable en Orient. —
2. Voir le v. 209. — 3. Parce que la royauté passa à David et à sa famille. — 4. Voir le v. 300.
— 5. Voir le v. 391. — 6. Précision importante : on ne peut accuser Mardochée du crime
d'Aman, puisque, lui, il obéit à un Dieu si puissant. — 7. Remarquer la place de ces mots
dans le vers. — 8. Indique une impossibilié à la fois personnelle, religieuse et civique. —
9. En réalité c'est faux. — 10. *Et* en particulier. — 11. Ils ont « orné » moralement
Mardochée, mais aussi physiquement, étant donné l'apparat de son triomphe. —
12. Déshonorant, parce que c'est le supplice des esclaves. — 13. « Dont on doit avoir
horreur » (*Dict. de l'Acad.*, 1694). — 14. Sur l'âge de Mardochée, voir p. 31-32. —
15. L'affront retombe donc sur le roi. — 16. Clarté. — 17. Comme un bateau agité par les
vagues. — 18. « Étonné, troublé » (*Acad.*, 1694). — 19. Voir le v. 29.

Et fais, comme il me plaît, le calme et la tempête.
1150 Les intérêts des Juifs déjà me sont sacrés.
Parlez. Vos ennemis aussitôt massacrés,
Victimes de la foi que ma bouche vous jure,
De ma fatale erreur répareront l'injure [1].
Quel sang demandez-vous ?

ESTHER. —
       Va [2], traître, laisse-
            [moi [3].
Les Juifs n'attendent rien d'un méchant tel que toi.
Misérable, le Dieu vengeur de l'innocence,
Tout prêt à te juger, tient déjà sa balance [4].
Bientôt son juste arrêt [5] te sera prononcé.
Tremble. Son jour [6] approche, et ton règne est
            [passé.

AMAN. —1160 Oui, ce Dieu, je l'avoue, est un Dieu redoutable.
Mais veut-il que l'on garde une haine implacable ?
C'en est fait : mon orgueil est forcé de plier ;
L'inexorable [7] Aman est réduit à prier.
     (Il se jette à ses pieds.)
Par [8] le salut des Juifs, par ces pieds que j'embrasse,
Par ce sage vieillard, l'honneur de votre race,
Daignez d'un roi terrible apaiser le courroux.
Sauvez Aman, qui tremble à vos sacrés genoux [9].

---

1. « Outrage de fait ou de parole » (*Dict. de l'Acad.*, 1694). — 2. Tutoiement expressif. — 3. La coupure du vers en deux répliques met en valeur l'indignation d'Esther. — 4. Symbole de la justice impartiale. — 5. « Jugement d'une justice supérieure » (*Acad.*, 1694), donc sans appel. — 6. Le temps de son triomphe, ou de sa colère : expressions bibliques. — 7. Qu'on ne pouvait fléchir par des prières. — 8. Entendre : Je vous en supplie *par*. — 9. Voir le *Prologue*, p. 47, v. 25-26.

■■

● **L'action** est parvenue à son développement extrême : Assuérus doit maintenant se résoudre à un choix ; l'action est cependant encore indécise.

● **L'argumentation d'Esther** est toujours aussi habile ; bien renseignée sur tout ce qui se passe à la Cour, connaissant le Roi d'une façon parfaite, elle a su :
— tracer de Mardochée un portrait qui fait de lui le modèle des citoyens ;
— imputer à Aman des fautes contre l'honneur que le Roi ne peut pardonner ;
— intéresser même son orgueil au salut des Juifs.
① Tracez le plan d'ensemble du plaidoyer d'Esther, en montrant l'articulation subtile des différents arguments.

● **Les caractères** — AMAN nous montre le fond de son caractère : il a l'âme basse ; constatant sa défaite, il change son dispositif et se prépare à servir le nouveau maître que sera Mardochée : il le fait avec habileté, en utilisant à propos les informations que lui a données Hydaspe ; mais, cet effort étant vain, il n'a pas la noblesse de « mourir debout ».

■■

111

Scène VI. — ASSUÉRUS, ESTHER, AMAN, ÉLISE,
LE CHŒUR, GARDES.

ASSUÉRUS. — Quoi [1]? le traître [2] sur vous porte ses mains
[hardies [3]?
Ah! dans ses yeux confus [4] je lis ses perfidies [5] ;
1170 Et son trouble, appuyant la foi [6] de vos discours [7],
De tous ses attentats [8] me rappelle le cours [9].
Qu'à ce monstre à l'instant l'âme soit arrachée [10] ;
Et que devant sa porte, au lieu de Mardochée,
Apaisant [11] par sa mort et la terre et les cieux [12],
De mes peuples vengés il repaisse les yeux.

(Aman est emmené par les gardes.)

Scène VII. — ASSUÉRUS, ESTHER, MARDOCHÉE,
ÉLISE, LE CHŒUR.

ASSUÉRUS *continue en s'adressant à Mardochée.*
— Mortel [13] chéri du Ciel, mon salut et ma joie [14],
Aux conseils des méchants ton Roi n'est plus en
[proie [15].
Mes yeux sont dessillés [16], le crime est confondu [17].
Viens briller près de moi dans le rang qui t'est dû.
1180 Je te donne d'Aman les biens et la puissance :
Possède justement son injuste [18] opulence.
Je romps le joug [19] funeste où [20] les Juifs sont sou-
[mis ;
Je leur livre le sang de tous leurs ennemis ;
A l'égal des Persans je veux qu'on les honore,
Et que tout tremble au nom du Dieu qu'Esther
[adore [21].

---

1. Le geste d'Aman est celui du suppliant antique, qui entourait de ses bras les genoux de celui qu'il suppliait : la méprise d'Assuérus, qui croit à un geste inconvenant, ne s'explique que si Esther a repoussé Aman (en se levant, ou par tout autre moyen) et n'a pas permis à son geste de se dérouler selon les formes rituelles. — 2. Il a trahi la confiance de son roi par ses agissements passés, et son attitude présente est une nouvelle trahison. — 3. « Impudentes » (*Dict. de l'Acad.*, 1694). — 4. « Honteux » (*Acad.*, 1694). — 5. « Manquements à la fidélité » (*Acad.*, 1694). — 6. Le « témoignage » (*Acad.*, 1694). — 7. Voir le v. 387. — 8. « Entreprise contre les lois » (*Acad.*, 1694). — 9. Le déroulement. — 10. Expression d'une vigueur singulière qui évoque bien des supplices. — 11. Rendant la *paix*. — 12. Les hommes et les dieux. — 13. Voir le v. 600. — 14. La plénitude du sens est parfaite. — 15. « Abandonné » (*Acad.*, 1694) : l'idée de pillage est toujours présente. — 16. « Ouverts » (*Acad.*, 1694); au sens propre, il s'agit de l'opération par laquelle on ouvre les yeux des faucons dont on cousait les paupières pendant le dressage. — 17. Confondre : « mettre en désordre, couvrir de honte » (*Acad.*, 1694). — 18. L'antithèse accentue la décision du roi. — 19. Symbole de la servitude. — 20. S'employait, dans la langue classique, en de nombreux cas où nous employons le relatif et la préposition *à*. — 21. Le trimètre (4 + 4 + 4) met en valeur les mots essentiels.

> Rebâtissez son temple, et peuplez vos cités.
> Que vos heureux enfants dans leurs solennités
> Consacrent de ce jour le triomphe et la gloire,
> Et qu'à jamais [1] mon nom vive dans leur mémoire.

Scène VIII. — ASSUÉRUS, ESTHER, MARDOCHÉE, ASAPH, ÉLISE, LE CHŒUR.

ASSUÉRUS. —[1190] Que veut Asaph?

ASAPH. — Seigneur, le traître est [2] expiré,
Par le peuple en fureur à moitié déchiré.
On traîne, on va donner en spectacle funeste
De son corps tout sanglant le misérable reste.

MARDOCHÉE. — Roi, qu'à jamais le Ciel prenne soin de vos jours [3].
Le péril des Juifs presse, et veut [4] un prompt se-
[cours [5].

ASSUÉRUS. — Oui, je t'entends [6]. Allons, par des ordres contraires,
Révoquer d'un méchant les ordres sanguinaires.

ESTHER. — O Dieu, par quelle route inconnue aux mortels [7]
Ta sagesse conduit ses desseins éternels!

---

1. « Un temps sans fin » (*Acad.*, 1694). — 2. L'auxiliaire *être* marque l'état, résultat de l'action; *avoir* l'action elle-même. — 3. Protège votre vie : dans la Bible, une longue vie est la marque de la bénédiction de Dieu. — 4. Exige. — 5. Une aide immédiate. — 6. Entendre : « comprendre » (*Dict. de l'Acad.*, 1694). — 7. S'oppose à *Dieu*.

■■■

● **Les caractères** — ASSUÉRUS reste tel que nous l'avons toujours connu : violent ; la condamnation rapide d'Aman, et la forme qui lui est donnée sont d'un despote. Assuérus se montre cependant loyal en ce qu'il tire toutes les conséquences de la nouvelle situation : *ton roi* (v. 1177) est la marque d'une alliance juridique et spontanée.

① **Les massacres** — On a blâmé le roi qui les permet : n'oublions pas qu'il s'agit d'étrangers vivant en Perse et que, dans la Bible, ils sont bien plus féroces ; on a dit que la clémence eût été plus noble : dans le climat de l'Orient ancien, n'aurait-elle pas été une faiblesse? MARDOCHÉE : Son caractère ne se dément pas : il remercie brièvement, mais avec la chaleur de sa foi (il évite cependant de choquer les croyances du Roi en prononçant le nom de son propre Dieu) ; mais c'est surtout un homme d'action qui veut que les bonnes dispositions du Roi soient immédiatement traduites dans les faits.
L'énergie d'ESTHER fait place désormais à sa douceur et à sa foi : elle ne s'attribue aucune part à la victoire et ne pense qu'à remercier Dieu.

② Pourquoi Racine a-t-il terminé cette scène sur la prière d'Esther? N'est-ce pas pour éviter que l'évocation des tueries ne reste en notre esprit? et n'est-ce pas pour donner à la pièce tout son sens religieux?

■■■■■ ■■■

SCÈNE IX. — LE CHŒUR.

TOUT LE CHŒUR.
_1200

> *Dieu fait triompher l'innocence* [1] :
> *Chantons, célébrons* [2] *sa puissance.*

UNE ISRAÉLITE.
— *Il a vu contre nous* [3] *les méchants s'assembler,*
> *Et notre sang prêt à* [4] *couler.*
> *Comme l'eau sur la terre* [5] *ils allaient le répandre :*
> *Du haut du ciel* [6] *sa voix s'est fait entendre ;*
> *L'homme superbe* [7] *est renversé* [8],
> *Ses propres flèches l'ont percé.*

UNE AUTRE. — *J'ai vu l'impie adoré* [9] *sur la terre.*
> *Pareil au cèdre* [10], *il cachait dans les cieux* [11]
1210
> *Son front audacieux* [12].
> *Il semblait à son gré* [13] *gouverner le tonnerre* [14],
> *Foulait aux pieds ses ennemis vaincus.*
> *Je n'ai fait que passer, il n'était* [15] *déjà plus.*

UNE AUTRE. — *On peut des plus grands rois surprendre* [16] *la justice* [17].
> *Incapables de tromper,*
> *Ils ont peine à s'échapper*
> *Des pièges de l'artifice* [18].
> *Un cœur noble* [19] *ne peut soupçonner en autrui*
> *La bassesse et la malice* [20]
1220
> *Qu'il ne sent point en lui.*

UNE AUTRE. — *Comment s'est calmé l'orage* [21] ?
UNE AUTRE. — *Quelle main salutaire* [22] *a chassé le nuage* [23] ?
TOUT LE CHŒUR.
— *L'aimable* [24] *Esther a fait ce grand ouvrage.*
UNE ISRAÉLITE, seule.
— *De l'amour de son Dieu son cœur s'est embrasé* [25] ;
> *Au péril d'une mort funeste*

---

1. Métonymie, l'abstrait pour le concret; au sens théologique, l'innocent est celui qui n'a pas péché contre Dieu. — 2. Célébrer : « publier avec louange » (*Dict. de l'Acad.*, 1694). — 3. La place de ce complément indique une nuance subtile : il dépend bien de *s'assembler*, mais, comme *contre* signifie aussi *en face*, l'ordre des mots suggère que, dans la vision divine, toutes choses apparaissent sur le même plan. — 4. Sur le point de : la confusion avec *près de*, que l'on observe ici, est de celles que n'ont pu résoudre les grammairiens du XVIIᵉ s. — 5. Donc comme une chose sans valeur. — 6. Marque à la fois la solennité de l'intervention divine et son caractère spirituel. — 7. « Orgueilleux » (*Acad.*, 1694). — 8. « Jeté par terre » (*Acad.*, 1694). — 9. Comme un dieu : c'est le plus grave des péchés, pour un Juif. — 10. Le plus puissant des arbres de l'Orient. — 11. Comme Dieu lui-même. — 12. Voir le v. 348. — 13. « Franche [libre] volonté que l'on a de faire quelque chose » (*Acad.*, 1694). — 14. Chez tous les anciens, le dieu suprême lançait la foudre. — 15. Être : « Exister » (*Acad.*, 1694). — 16. « Prendre au dépourvu, tromper » (*Acad.*, 1694). — 17. Le sens de la justice. — 18. « Se prend ordinairement pour ruse, déguisement, fraude » (*Acad.*, 1694). — 19. Élevé au-dessus du commun des hommes. — 20. « Inclination à nuire » (*Acad.*, 1694). Nouvel hommage à Assuérus, nouvelle excuse à sa cruauté première. — 21. « Le méchant dont on est menacé » (*Acad.*, 1694). — 22. Voir le v. 641. — 23. Dieu avait voilé sa face et les Justes étaient dans la crainte. — 24. Digne d'être aimée. — 25. Terme de la théologie mystique.

114

> *Son zèle ardent s'est exposé.*
> *Elle a parlé. Le Ciel a fait le reste* [1].

DEUX ISRAÉLITES.

> — *Esther a triomphé des filles des Persans.*
> *La nature et le Ciel à l'envi* [2] *l'ont ornée.*

L'UNE DES DEUX.

> —[1230] *Tout ressent* [3] *de ses yeux les charmes* [4] *innocents.*
> *Jamais tant de beauté fut-elle couronnée ?*

L'AUTRE.

> — *Les charmes de son cœur sont encor plus puissants.*
> *Jamais tant de vertu fut-elle couronnée ?*

TOUTES DEUX ensemble.

> — *Esther a triomphé des filles des Persans.*
> *La nature et le Ciel à l'envi l'ont ornée.*

---

1. Voir le v. 181. — 2. « Avec émulation » (*Dict. de l'Acad.*, 1694) ; terme emprunté aux jeux de cartes où l'on fait des enchères (*envi*). — 3. Ressentir : « sentir fortement » (*Acad,*. 1694). — 4. Voir le v. 303.

■■

● **L'action** est achevée sur le plan humain : le péril où étaient les héros est conjuré, le traître est châtié, le spectateur n'a plus à éprouver ni terreur ni pitié, la tragédie est dénouée et le dénouement est heureux. Il reste à achever la pièce sur le plan théologique, en nous montrant le bonheur des Justes.

● **Justification de ce Chœur** — D'après sa *Préface* (p. 44, 1. 83 et suiv.), Racine la voit dans la tradition biblique ; il faut ajouter que, dans la tragédie grecque, c'est le chœur qui tire les conclusions du drame. En outre, s'il est nécessaire de remercier solennellement Dieu de ses bienfaits, dans la perspective janséniste la pièce serait inachevée si, après nous avoir montré le malheur des Justes qui ne savent pas encore qu'ils sont sauvés, on ne nous présentait la paix dont ils jouissent lorsque la grâce les a touchés ; car cette paix n'est que l'image du bonheur qui sera leur partage durant toute l'éternité.

● **Structure du Chœur** — Elle est suggérée par la répartition des couplets entre les solistes et le chœur : le danger couru, le danger écarté ; la malice d'Aman cause du danger, la vertu d'Esther cause du salut. La reprise (v. 1235-36) des vers 1228-9 marque la conclusion d'un premier développement consacré au passé.

● **Les sources** — (T) V. 1198-9 : *Les nations ont répandu le sang de vos saints comme l'eau autour de Jérusalem* (Psaume 78, 3). — V. 1202 : *Les pécheurs ont tiré l'épée du fourreau, et ils ont tendu leur arc pour renverser celui qui est pauvre et dans l'indigence, pour égorger ceux qui ont le cœur droit ; — mais que leur épée leur perce le cœur à eux-mêmes, et que leur arc soit brisé* (Psaume 36, 14-16). — V. 1203-8 : *J'ai vu l'impie extrêmement élevé, et qui égalait en hauteur les cèdres du Liban ; — Et j'ai passé, et dans le moment il n'était plus ; je l'ai cherché, mais l'on n'a pu trouver le lieu où il était* (Ps. 36, 35-6).

■■

UNE SEULE. —   *Ton Dieu n'est plus irrité* [1].
      Réjouis-toi, Sion [2], *et sors de la poussière* [3].
      Quitte les vêtements de ta captivité [4],
        Et reprends ta splendeur [5] *première.*
1240 *Les chemins* [6] *de Sion à la fin* [7] *sont ouverts.*
         Rompez vos fers [8],
         Tribus captives,
         Troupes fugitives [9],
      Repassez les monts et les mers [10] :
    Rassemblez-vous des bouts [11] *de l'univers.*

TOUT LE CHŒUR. —
         Rompez vos fers,
         Tribus captives.
         Troupes fugitives,
      Repassez les monts et les mers :
1250 *Rassemblez-vous des bouts de l'univers.*

UNE ISRAÉLITE, seule.
    — *Je reverrai ces campagnes si chères.*

UNE AUTRE. — *J'irai pleurer au tombeau de mes pères.*

TOUT LE CHŒUR. —
      Repassez les monts et les mers :
    Rassemblez-vous des bouts de l'univers.

UNE ISRAÉLITE, seule.
    — *Relevez, relevez les superbes* [12] *portiques* [13]
    Du temple où notre Dieu se plaît [14] *d'être adoré.*
    Que de l'or le plus pur son autel soit paré,
    Et que du sein des monts le marbre soit tiré.
    Liban, dépouille-toi [15] *de tes cèdres antiques.*
1260 *Prêtres sacrés, préparez vos cantiques.*

UNE AUTRE. — *Dieu descend et revient habiter* [16] *parmi nous.*
    Terre, frémis d'allégresse et de crainte [17] ;
      Et vous, sous sa majesté sainte,
      Cieux, abaissez-vous [18] !

---

1. La colère de Dieu est un des grands thèmes de la Bible : elle est évoquée dans plus de 600 passages de la Vulgate. — 2. Voir le v. 6. — 3. La *poussière* dont on se couvre la tête en signe de deuil et de pénitence, symbole de la terre qui recouvre les morts. — 4. Après l'édit de Cyrus, les Juifs étaient encore soumis à certaines restrictions vestimentaires. — 5. « Grand éclat d'honneur et de gloire, magnificence » (*Dict. de l'Acad.*, 1694). — 6. Ils tiennent une grande place dans les Livres relatifs à la captivité d'Israël. — 7. « Enfin » (*Acad.*, 1694). — 8. La libération n'a pas été obtenue des oppresseurs mais accordée par Dieu à la prière de son peuple. — 9. Fugitif : « qui a été contraint de s'enfuir hors de sa patrie » (*Acad.*, 1694). — 10. Dans la Bible, ce mot désigne toute étendue d'eau. — 11. « L'extrémité d'une chose qui a de l'étendue » (*Acad.*, 1694). — 12. « Somptueux, magnifique » (*Acad.*, 1694). — 13. « Galerie couverte en arcades » (*Acad.*, 1694); les *portiques* du temple de Salomon séparaient les différents parvis (des gentils, des femmes, des hommes et des prêtres). — 14. Sur l'ordre de Dieu, les Israélites n'avaient qu'un *temple*. — 15. Toute la nature prend vie pour contribuer à la reconstruction du Temple. — 16. Le Temple est proprement la demeure de Dieu. — 17. A l'approche du sacré. — 18. Il n'y a plus de frontière entre le ciel et la terre : les Justes jouissent désormais de la béatitude éternelle.

UNE AUTRE. — *Que le Seigneur est bon! Que son joug est aimable!*
Heureux qui dès l'enfance en connaît la douceur!
Jeune peuple [1], *courez à ce maître adorable.*
Les biens les plus charmants n'ont rien de comparable
Aux torrents de plaisirs [2] *qu'il répand dans un cœur.*
1270 *Que le Seigneur est bon! Que son joug est aimable!*
Heureux qui dès l'enfance en connaît la douceur!

UNE AUTRE. — *Il s'apaise, il pardonne.*
Du cœur ingrat qui l'abandonne
Il attend le retour.
Il excuse notre faiblesse.
A nous chercher même il s'empresse [3].
Pour l'enfant qu'elle a mis au jour
Une mère a moins de tendresse.
Ah! qui peut avec lui partager notre amour?

TROIS ISRAÉLITES. —
—1280 *Il nous fait remporter une illustre* [4] *victoire.*

L'UNE DES TROIS. — *Il nous a révélé sa gloire.*

TOUTES TROIS, ensemble.
— *Ah! qui peut avec lui partager notre amour?*

TOUT LE CHŒUR. — *Que son nom soit béni! Que son nom soit chanté!*
Que l'on célèbre ses ouvrages
Au-delà des temps et des âges,
Au-delà de l'éternité [5] *!*

---

1. S'adresse aux Demoiselles de Saint-Cyr. — 2. L'image traduit l'idée que l'on peut se faire du bonheur des élus. — 3. Caractère gratuit de la miséricorde divine. — 4. Éclatante comme la lumière. — 5. La progression des trois termes nous plonge dans un infini réservé à Dieu.

■■

● **Les thèmes** — Cette seconde partie du chœur est orientée vers l'avenir : Dieu a libéré son peuple — en sa bonté infinie que l'éternité même ne suffira pas à chanter.

● **Les sources** — (T) V. 1257 : *Que toute la terre tremble devant sa face* (Ps. 95, 9). — V. 1261 : *Le Seigneur est bon à ceux qui espèrent en lui, il est bon à l'âme qui le cherche. Il est bon d'attendre en silence le salut que Dieu nous promet. Il est bon à l'homme de porter le joug dès sa jeunesse* (Lamentations, 3, 27). — V. 1264 : *Et vous ferez boire les enfants des hommes dans le torrent de vos délices* (Ps. 35, 9). — V. 1268-70 : *Parce qu'il connaît lui-même la fragilité de notre origine — Il s'est souvenu que nous ne sommes que poussière* (Ps. 102, 13-4). — Source du v. 1286 (non signalée par l'*Esther* de Toulouse): *Le Seigneur régnera dans l'Éternité, et au-delà de tous les siècles* (in aeternum et ultra) (Exode, 15, 18).

■■

Au nom du Père et du Fils et du
Saint Esprit.

Je desire qu'apres ma mort mon corps soit porté a
Port Royal des Champs, et qu'il y soit inhumé dans le
cimetiere aux piés de la fosse de Mr Hamon. Je supplie
tres humblement la Mere Abbesse et les Religieuses de
vouloir bien m'accorder cet honneur, quoy que je m'en
reconnoisse tres indigne et par les ~~scandales~~ de ma vie
passée, et par le peu d'usage que j'ay fait de l'excellente
Education que j'ay receu autrefois dans cette Maison
et des grands exemples de pieté et de penitence que j'y ay
veus et dont je n'ay eté qu'un sterile admirateur.
Mais plus j'ay offensé Dieu plus j'ay besoin des
prieres d'une si sainte Communauté pour ~~obtenir sa~~ m'aspirer
misericorde sur moy. Je prie aussi la Mere Abbesse
et les Religieuses de vouloir accepter une somme de
huit cens livres que j'ay ordonné qu'on leur donne
apres ma mort. Fait a Paris dans mon cabinet
le dixieme Octobre mille six cens quatrevingt dix
huit. Racine

Deux Cinquante
trois

Le testament de Racine (voir p. 13.)

ÉTUDE D' « ESTHER »

Les textes que nous proposons ne constituent pas une étude systématique et complète d'*Esther* : ils ne sont que des thèmes de réflexion. Il appartiendra au lecteur de confronter, avec l'opinion des critiques que nous citons, l'impression qu'il aura retirée lui-même de la lecture de la tragédie. Lorsque l'on prend position à propos d'une œuvre, on est toujours en deçà ou au-delà de l'opinion de quelqu'un. C'est ce qui fait l'intérêt profond des études littéraires, car les opinions les plus divergentes y sont souvent plus rapprochées qu'il ne semble, pour peu qu'on les envisage avec sérieux, sympathie et sérénité.

1. « Esther » est-elle une mauvaise pièce ?

① « Comme le prix des choses dépend ordinairement des gens qui les font ou les font faire, la place qu'occupe Mme de Maintenon fit dire à tous les gens qu'elle y mena que jamais il n'y avait rien eu de plus charmant, que la comédie était supérieure à tout ce qui s'était fait en ce genre-là. »

MADAME DE LAFAYETTE, *Mémoires de la Cour de France.*

② « Les défauts du plan d'*Esther* sont connus et avoués : le plus grand de tous est le manque d'intérêt. Il ne peut y en avoir d'aucune espèce. Esther et Mardochée ne sont nullement en danger, malgré la proscription des Juifs ; car assurément Assuérus, qui aime sa femme, ne la fera pas mourir parce qu'elle est Juive, ni Mardochée qui lui a sauvé la vie, et qui est comblé, par son ordre, des plus grands honneurs. Il ne s'agit donc que du peuple juif ; mais on sait que le danger d'un peuple ne peut pas seul faire la base de l'intérêt dramatique, parce qu'on ne s'attache pas à une nation comme à un individu : il faut, dans ce cas, lier au sort de cette nation celui de quelques personnages intéressants par leur situation ; et l'on voit que celle d'Esther et de Mardochée n'a rien qui fasse craindre pour eux. Les caractères ne sont pas moins répréhensibles, si l'on excepte celui d'Esther, qui est d'un bout à l'autre ce qu'elle doit être, et dont le rôle est fort beau. Zarès, femme d'Aman, est entièrement inutile et ne tient en rien à la pièce : c'est un remplissage. Mardochée n'est guère plus nécessaire. Assuérus n'est guère excusable ; c'est un fantôme de roi, un despote insensé, qui proscrit tout un peuple sans le plus léger examen, et en abandonne la dépouille au ministre qui en a proposé la destruction. La haine d'Aman a des motifs trop petits, et l'on ne peut concevoir que le maître d'un grand empire soit malheureux parce qu'un homme du peuple ne s'est pas prosterné devant lui comme les autres. »

LA HARPE, *Lycée ou Cours de littérature*, 1805.

① « La distance est aussi grande entre *Esther* et *Athalie* qu'entre *la Thébaïde* et *Phèdre*. »

PIERRE BRISSON, *les Deux Visages de Racine*, 1944, p. 215.

2. Est-ce un chef-d'œuvre ?

② « Je ne puis vous dire l'excès d'agrément de cette pièce : c'est une chose qui n'est pas aisée à représenter, et qui ne sera jamais imitée : c'est un rapport de la musique, des vers, des chants, des personnes, si parfait et si complet, qu'on n'y souhaite rien. »

MADAME DE SÉVIGNÉ, à sa fille, 21 février 1689 (voir sa lettre du 19 février, citée p. 25).

③ « *Esther* restera un des chefs-d'œuvre de notre scène. L'éclat et l'importance des événements, la vérité des caractères, la beauté des situations, et les grandes leçons qui en résultent pour l'humanité, le charme inexprimable et la magnificence extraordinaire du style ; en un mot, l'union du génie de Racine et de l'esprit divin des livres sacrés assurent à cette tragédie du genre le plus noble une gloire immortelle. »

GEOFFROY, *Cours de littérature dramatique*, 1819-1820.

④ « L'avouerai-je ? *Esther*, avec sa douceur charmante et ses aimables peintures, *Esther*, moins dramatique qu'*Athalie*, et qui vise moins haut, me semble plus complète en soi, et ne laisse rien à désirer. Il est vrai que ce gracieux épisode de la Bible s'encadre entre deux événements étranges, dont Racine se garde de dire un seul mot. [...] A cela près, ou plutôt même à cause de l'omission, ce délicieux poème, si parfait d'ensemble, si rempli de pudeur, de soupirs et d'onction pieuse, me semble le fruit le plus naturel qu'ait porté le génie de Racine. C'est l'épanchement le plus pur, la plainte la plus enchanteresse de cette âme tendre. »

SAINTE-BEUVE, *Portraits littéraires*, t. I.

⑤ « *Esther* remplissait justement l'objet et ne le dépassait en rien, et, par son charme, sa modestie, sa mélodie, par ce rapport si convenant de l'action et des personnages, des sentiments et de la diction, devait ravir grands et petits, tendres et austères. [...] On conçoit ce triomphe facile et universel de l'aimable *Esther*, de cette enchanteresse idylle biblique, comme on l'a appelée. »

SAINTE-BEUVE, *Port-Royal*, t. VI.

① « Dire que c'est de ce farouche *Livre d'Esther* que Racine a pu tirer ce délicieux poème, où la Muse de la tragédie paraît enveloppée des voiles neigeux et ceinte des rubans bleus d'une élève de *catéchisme de persévérance*, et qui est finalement comme un conte des Mille et une Nuits suave et pieux! »

JULES LEMAITRE, *Racine*, p. 282.

② « La lecture d'*Esther* me plonge toujours dans une sorte d'extase. La lumière de Racine brille ici, — plus pure que jamais. Cette perfection, cette concision, la justesse des mots, l'aisance de la syntaxe deviennent mystérieuses. Un discours de comparse, d'un Hydaspe, d'une Zarès, est un miracle d'exactitude, de transparence ; un tissu d'images nacrées [...]. L'esprit devient agile, à poursuivre ces fragiles merveilles. »

ROBERT KEMP, *la Vie du théâtre*, 1956, p. 53.

3. Structure de la tragédie

③ « Il n'y a pas de tragédie constituée dans *Esther* ; mais de courts fragments tragiques dispersés à travers un choral. »

Pierre Brisson, ouvrage cité, p. 212.

④ « Le texte d'*Esther* [...] est une mosaïque, miraculeusement unifiée, d'emprunts à la Bible [...]. Ce n'est pas un tilleul de dortoir, trop sucré et refroidi. C'est le vin de la vigne du Seigneur. Voici l'épique et le lyrique de la Bible. »

Robert Kemp, ouvrage cité, p. 52.

⑤ « Une synthèse d'art : l'élément musical se mêlant étroitement à l'élément dramatique ; chaque acte se terminant par un chœur [...]. Quelques personnes ont trouvé la musique du dernier chœur un peu longue, quoique très belle [...]. L'auteur dramatique a senti qu'il valait mieux laisser le spectateur sous l'impression du dénouement. »

PIERRE MOREAU, *Racine, l'homme et l'œuvre*, 1943, p. 172.

4. La psychologie et les caractères

⑥ « On assiste, impuissant, à la perte de ces héros, engagés dans une action dont ils ne sont plus les maîtres. A la seconde d'avant, tout pouvait encore s'arranger ; lorsque la pièce commence, il est trop tard. [...] C'est pourquoi la psychologie, dans Racine, sauf peut-être pour *Britannicus*, n'a aucune importance. Quelles que soient les réactions des héros, ils sont condamnés. Ces réactions sont, d'ailleurs, parfaitement simples. [...] Le théâtre s'accommode mal de psychologie, il exige des caractères simples et forts, des personnages délégués d'un grand sentiment, d'un grand vice ou d'une grande vertu. La psychologie prétendue subtile et l'analyse des sentiments sont la plaie mortelle de l'art dramatique.

> KLÉBER HAEDENS, *Une Histoire de la littérature française*, 1943, p. 193-194.

① « Mardochée seul prend quelque relief [...]. Il fait retentir les cuivres dans la symphonie amortie du poème. Malheureusement cette haute figure n'est qu'une apparition. Ayant dominé le premier acte, elle s'éclipse et se borne à projeter son ombre sur le dénouement. »

> Pierre Brisson, ouvrage cité, p. 210.

5. Fidélité à la Bible

② « Racine met un soin de Mère Abbesse à édulcorer le récit de l'Écriture, à tempérer ses vigueurs. »

> Pierre Brisson, ouvrage cité, p. 201.

③ « Racine a voulu se conformer de la façon la plus stricte au récit biblique, moins par des scrupules d'ordre littéraire que par respect pour le texte sacré. Mais il ne pouvait songer à mettre sur la scène les mœurs de l'Orient et les secrets du sérail. Dès lors son entreprise ne pouvait plus se justifier. »

> ANTOINE ADAM, *Histoire de la littérature française au XVIIe siècle*, t. V, 1956, p. 50.

④ « Racine va droit [...] à ce qu'il y a dans la tradition juive de plus grand, de plus noir et de plus sauvage. [...] Dans l'Ancien Testament, c'est la fatalité que Racine cherche, et il la trouve dans l'élection qu'a faite Dieu d'une lignée et d'une race pour donner un sauveur au monde. Le sens et le cours de la volonté de Dieu à travers cette longue histoire qui se clôt à la Nativité, la puissance irrésistible dont Dieu dote ceux dont il a fait ses voies et ses instruments, l'anéantissement de leurs ennemis, les triomphes sanglants de la race de David, tel est le sujet d'*Esther*, tel est le sujet d'*Athalie*, et qu'ils sont bien de Racine ! »

> THIERRY MAULNIER, *Racine*, 1935, p. 256.

6. Racine poète chrétien ?

⑤ « Mais lorsque, renonçant aux Muses profanes, il consacra ses vers à des objets plus dignes de lui [...] Quelle sublimité dans ses

Cantiques, quelle magnificence dans *Esther* et dans *Athalie*, pièces égales ou même supérieures à tout ce qu'il a fait de plus achevé ! [...] En effet, tous ceux qui l'ont connu savent qu'il avait une piété très solide et très sincère, et c'était comme le fondement de toutes les vertus civiles et morales que l'on remarquait en lui. »

> VALINCOUR, Discours de réception à l'Académie, 27 juin 1699 (Valincour avait été élu au fauteuil de Racine).

① « On trouve dans *Esther*, dit l'auteur dans son *Prologue* [p. 49, v. 65-70], de grandes leçons de *détachement du monde au milieu du monde même*. Or telle était la nuance de spiritualité de Mme de Maintenon. »

> JEAN POMMIER, *Aspects de Racine*, p. 232.

② « Quand on lit *Esther* ou *Athalie* [...] on ne peut s'empêcher de remarquer que la crainte en est absente. Le mot qui y revient le plus souvent est *la paix* ; pour autant que ces cantiques traduisent la conscience religieuse de Racine, cette conscience est tranquille comme celle d'un Éliacin. »

> M. BUSSON, *la Religion des classiques*, 1948 (cité par Jean Orcibal).

7. Racine poète janséniste ?

③ « Il est vrai néanmoins qu'on n'a rien fait dans ce genre de si édifiant, et où on ait eu plus de soin d'éviter tout ce qui s'appelle galanterie, et d'y faire entrer de parfaitement beaux endroits de l'Écriture, touchant la grandeur de Dieu, le bonheur qu'il y a de le servir, et la vanité de ce que les hommes appellent bonheur. Outre que c'est une pièce achevée pour ce qui est de la beauté des vers et de la conduite du sujet.

> ARNAULD, au Landgrave de Hesse, 13 avril 1689 (*Corpus Racinianum*, p. 197).

④ « Les plus touchantes allusions d'*Esther* nous paraissent être celles que Racine croyait faire pour lui seul. Non, il n'était pas courtisan, ce poète qui s'imaginait entendre les vierges persécutées de Port-Royal dans les chœurs de sa tragédie, sans redouter que le roi s'y prît garde.

> FRANÇOIS MAURIAC, *la Vie de Jean Racine*, 1928, p. 191.

⑤ « *Esther* nous aide à comprendre la religion de Racine. A lire ce *poème sacré*, nous mesurons l'influence qu'a eue sur lui l'augustinisme. Sa pensée est dominée par l'idée d'un monde livré au péché et voué à la damnation, d'un monde où quelques êtres seulement ont été prédestinés pour être les *saints*, pour vivre dans l'humilité, la prière et l'attente, parmi les triomphes des méchants. »

A. Adam, ouvrage cité, t. V, p. 51.

8. « Esther » et la politique

① « Le public impartial ne vit qu'une aventure sans intérêt et sans vraisemblance ; un roi insensé, qui vit trois ans avec sa femme sans s'informer qui elle est ; un ministre assez ridiculement barbare pour demander au roi qu'il extermine toute une nation, vieillards, femmes, enfants, parce qu'on ne lui a pas fait la révérence ; ce même ministre assez bête pour donner l'ordre de tuer tous les Juifs dans onze mois, afin de leur donner apparemment le temps d'échapper ou de se défendre ; un roi imbécile qui, sans prétexte, signe cet ordre ridicule, et qui, sans prétexte, fait pendre subitement son favori : tout cela sans intrigue, sans action, sans intérêt, déplut beaucoup à quiconque avait du sens et du goût. Mais, malgré le vide du sujet, trente vers d'*Esther* valent mieux que beaucoup de tragédies qui ont eu de grands succès. »

VOLTAIRE, *le Siècle de Louis XIV* (ch. XXVII).

② « Tragédie politique, *Esther* est l'histoire d'un pogrom retourné au dernier moment contre les ennemis d'Israël. »

LUCIEN DUBECH, *Jean Racine politique*, 1926.

③ « Pas un auditeur d'aujourd'hui qui, mieux que celui de 1689, ne puisse voir en *Esther* la tragédie de l'antisémitisme. [...] Le génie de Racine a complété et éclairé la Bible. Elle donne de la haine d'Aman des raisons enfantines ; celles dont se moque Voltaire. [...] *Esther* dévoile l'antagonisme racial entre Perses et Israélites. [...] Aman raisonne en hitlérien. »

Robert Kemp, *le Temps*, 31 janvier 1938 (à propos d'une représentation d'*Esther* à la Comédie-Française).

④ « La politique tient peut-être une place plus réelle dans *Esther* que dans *Athalie*, où l'on trouve repris avec insistance et chaleur le thème du souverain victime de ses mauvais conseillers. Mais la nuance est nouvelle : il s'agit de sujets religieux, et la religion pouvait moraliser la royauté avec moins de scandale que n'auraient pu faire les grands ; elle était censée parler au nom d'intérêts moins violents et plus généraux. Elle était la seule source de culpabilité désormais possible pour l'absolutisme. S'il y a des maximes un peu fortes dans les deux dernières pièces de Racine, elles opposent généralement aux abus du despotisme, au nom de la loi chrétienne, le bonheur du peuple entier et la justice. »

PAUL BÉNICHOU, *Morales du Grand Siècle*, 1948, p. 150-151.

9. « Esther » et la Cour de Louis XIV

① « Mme de Maintenon a ordonné au poète de faire une comédie, mais de choisir un sujet pieux ; car, à l'heure qu'il est, hors de la piété, point de salut à la Cour, aussi bien que dans l'autre monde. »

Mme de Lafayette, *Mémoires*...

② « Ce qui devait être regardé comme une comédie de couvent devint l'affaire la plus sérieuse du royaume. »

Mme de Lafayette, *ibid.*

③ « *Esther* concentre tout ce qu'adore le roi au déclin ; le culte de sa propre personne et celui de Dieu s'y trouvent harmonieusement confondus. [...] Louis XIV concevait soudain le plaisir de s'entendre louer au ciel et sur la terre par le chœur éternel des vierges. »

François Mauriac, ouvrage cité, p. 188-189.

10. « Esther » dans l'œuvre de Racine

④ « Il avait écrit *Esther* pour les demoiselles de Saint-Cyr : il écrivit *Athalie* pour lui-même. »

Jules Lemaître, ouvrage cité, p. 284.

⑤ « *Esther* garde encore quelque apparence mondaine, et un peu de mièvrerie dans la férocité. Mais avec *Athalie* la cruauté et la férocité se retrouvent au niveau de *Phèdre*, dépouillées du prestige des sens, plus dures et plus noires encore. Il a suffi que Racine reprenne la plume pour que les fureurs meurtrières qui règnent sur son théâtre parcourent à nouveau leur domaine. Mais ces fureurs sont maintenant sacrées. »

Thierry Maulnier, ouvrage cité, p. 255.

⑥ « Racine se tait parce qu'il n'est plus écrivain, et pour le faire parler à nouveau, il est bien évident [...] qu'il faut au moins une passion réelle, et que l'objet même de cette passion fasse appel à son ancien talent. C'est, par bonheur pour nous, ce qui eut lieu. Il advint que Racine éprouva la seule passion qui puisse fondre sur une âme bourgeoise dure et volontairement barrée. Il aime le roi. Il l'aime dans sa personne, dans son essence [...]. Ainsi s'expliquent *Esther* et *Athalie*, et ces deux poèmes soudain dans cette insensibilité. »

Jean Giraudoux, *Tableau de la littérature française*, XVIIe-XVIIIe siècles, 1941, p. 168-169.

11. Les chœurs : musique et poésie

① « C'était pour lui un secret à ravir aux tragédies grecques, que celui de lier *le chœur et le chant avec l'action* ; c'était aussi ressusciter ces *saints ravissements* de David, que le chœur d'*Athalie* évoquera. [...] Racine ne rencontra son musicien qu'avec Jean-Baptiste Moreau, à qui il confia ses cantiques et les chœurs d'*Esther* et d'*Athalie*. Inégal, moins heureux pour *Athalie* que pour *Esther*, plus faible dans les moments farouches et passionnés, plus juste et plus vrai dans l'expression des larmes et des alarmes, J.-B. Moreau accompagna avec un respect touchant cette noblesse et cette beauté qu'il avait le privilège de faire chanter. La musique n'opprima pas la poésie ; la poésie ne resta pas étrangère à la musique. »

Pierre Moreau, ouvrage cité, p. 172.

Ce bon Jean-Baptiste Moreau avait sans doute le « respect » du texte de Racine, mais il semble avoir eu aussi le sens des affaires, si l'on en croit cette note du *Mercure Galant* (avril 1697) :

« Vous avez souvent ouï parler de M. Moreau, qui a fait la musique des chœurs de la tragédie d'*Esther*, que toute la cour a applaudie toutes les fois que cette incomparable tragédie a été représentée. Il vient de donner un concert [...]. Celui-ci est une Idylle, qui a pour titre *Concert spirituel ou le Peuple juif délivré par Esther*. Les vers [...] sont de la composition de M. de Banzy ; et ce qu'il y a de surprenant et qui doit en faire admirer l'auteur, c'est que ces vers sont sur la mesure des chœurs d'*Esther*, et qu'on chante dessus la même musique » (*Corpus*, p. 308).

② « Il faut voir surtout, dans les chœurs d'*Esther* comme dans ceux d'*Athalie*, beaucoup moins un essai d'adaptation des chœurs grecs au théâtre français qui n'en a nul besoin (sauf si quelque génie fait un jour, pour son cas, la preuve du contraire) qu'une sorte de chantier de la poésie lyrique romantique, moins beau que du Malherbe, moins beau que du Ronsard ; mais qui les prolonge et prépare, à sa manière un peu amorphe, c'est-à-dire modelable, l'avenir. »

Pierre Guéguen, *Poésie de Racine*, 1946, p. 312.

12. Le vers racinien

③ « Racine n'est pas seulement le seul auteur de tragédies sacrées que nous ayons en France, il est aussi l'un de nos plus grands poètes. Ses vers flexibles et transparents, mystérieux comme une eau dormante, également capables d'exprimer la tendresse et la fureur, sont des vers de création du monde. D'un mot presque insaisissable, toujours caressant et évanoui, Racine peut faire surgir les grands déserts orientaux, les chemins parfumés de fleurs, les forêts profondes et méditatives, et le soleil sacré, le soleil d'or de la Grèce antique. En même temps, tous ses vers, même les plus immobiles, sont imprégnés de l'action dramatique la plus intense. Ils ne s'arrêtent jamais, comme chez Corneille, pour nous faire entendre un chant blessé, et chaque syllabe conduit le drame vers son dénouement avec une rigueur inflexible. Racine représente l'alliage parfait de la poésie et du théâtre. »

Kléber Haedens, ouvrage cité, p. 194.

① « D'autres, après Racine, connaîtront cet art des sonorités savantes ; mais ils l'étaleront, et le drame y sera sacrifié. Quelle imprudence, par exemple, d'attirer l'attention de l'auditeur sur des rimes riches et curieuses, qui accaparent toute la lumière de la phrase et qui faussent le ton de la vie! Les rimes de Racine sont le plus souvent effacées, estompées ; les mots qui y voisinent semblent se connaître depuis longtemps, et nulle surprise, nul choc ne naît de leur rencontre. [...] Comme pour se garder plus soigneusement de tout effet de surprise, Racine paraît bien avoir suivi docilement une recette de Boileau, qui conseillait d'écrire, dans chacun des distiques dont se compose toute suite de rimes plates, le second vers avant le premier : ainsi le second vers est comme attendu dès le premier, comme annoncé par lui ; et si quelque apparence de cheville se glisse par endroits, elle aura passé dès ce premier vers, avant même que l'auditeur s'en soit avisé. De là tant de participes, d'incises, de propositions relatives ou annexes, de compléments circonstanciels, qui terminent ces premiers vers des distiques raciniens.

Pierre Moreau, ouvrage cité, p. 167.

TABLE DES MATIÈRES

IMPRIMERIE BUSSIÈRE — SAINT-AMAND (Cher) — 968-11-64.
Dépôt légal : 3e trimestre 63.